作者 cosMo@暴走P
夢也

初音未來的消失

小說版

原作 cosMo@暴走P／插畫 夕薙

插畫：夕薙

初音未來的
消失
小說版

石井十八
ISHII JUHACHI

黑瀨愛科
KUROSE AIKA

篠里夜子
SHINOSATO YORUKO

illustration＊夕薙

篠里朝乃
SHINOSATO ASANO

=240
illustration*cosMo@暴走P

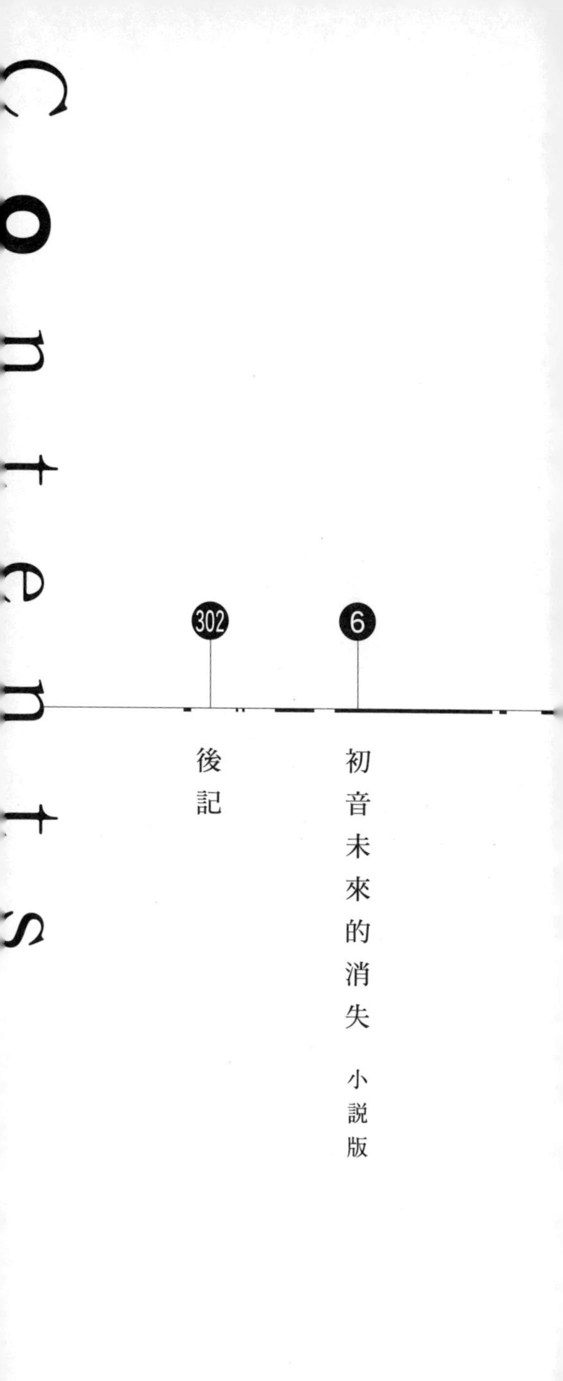

Contents

HATSUNE MIKU NO SHOUSHITSU

初音未來的消失
小說版

如深海般　謐靜且幽暗

違論時間或空間　連自己是誰都不明白

即便想出聲　也不知該發出什麼才好

既沒有開始　也沒有結束　就在這幽暗當中

以為　會這麼地　永遠存在著

然而　這樣的時光突然宣告結束

新的世界展開了

某人　將深海的幽暗　驅離

他對我所說的話　我無法理解

只能確定自己的存在明顯發生了改變

從「意志」變成了「人格」

[06/18 Mon 16:40]

不透風，也看不見陽光的房間——

窗戶完全緊閉，加上密布厚重的遮光窗簾，一點孔隙也沒有。但由於空調是室外循環式，還是能以一定的流速時常提供新鮮空氣。天花板為了盡量接近自然光的波長，以成色微妙不同的許多ＬＥＤ構成了混光照明。

「嗯——在這裡總是無法平靜下來。好像有點呼吸困難……你們不這麼覺得嗎？」

我左手邊面對終端機整理資料的女孩，搖曳一頭及肩的粉紅色柔軟秀髮，一邊小聲地說道。

「我起初也跟愛科同學一樣，不過一想到至少要在這裡待兩年，就不會太在意了。」

「呼嗯呼嗯。就算在意也沒用，反正遲早都要習慣的——你的意思是這樣嗎？真意外你這麼理性呢。」

愛科露出對我刮目相看的微笑，如此說道。

不過事實上，我也不完全如她所評價的樣子。這間研究室的樓板面積很大，天花板又很高，擺放桌子與器材的空間非常充足。此外最重要的是常來的人很少。因此，並不會有壓迫感或封閉感之類的壓力。

只要能忘記空氣跟光線都是由人工管理這點的話。

「朝乃，你想聊天是可以，但手邊工作別停下來啊。」

背後傳來學長的聲音。

「啊，抱歉。只差一點點就能採集今天的資料，然後就結束了。」

「是嗎？那就好……」

我一邊說，一邊轉向自己的桌子。桌上有一只高約十公分的扁平箱子，箱子還長出一隻「手」來。我把「自己的右手」伸到桌上，反覆握住又張開幾次，箱子長出的「手」大約晚了兩秒左右也開始進行相同的動作。

「ＯＫ。接下來一邊扭轉手腕，從小指開始依序收回手指。附帶一提，剛才的猜拳動作是九九．五％。果然單純的動作數字會比較好看。」

「哈哈，不過數字好看又不是實驗的目的。」

愛科的口氣就像玩遊戲拿到高分一樣，讓人禁不住微微一笑。接下來就如剛才所言，我從手背向上的狀態開始，一邊扭轉手腕，一邊自小指依次握住。跟剛才一樣，自箱子裡長出的「手」——用跟人類同樣數量關節、肌肉之驅動器所組成，表面以矽膠覆蓋的玩意兒——這隻人造的「手」，大約晚了兩秒便忠實地模仿我右手的動作。儘管乍看之下兩者的動作幾乎完全一樣，不過……

「哦。就跟之前的結果一樣，這種程度的動作追隨值下降了呢。八八．二％……」

一旁望著螢幕嘴裡唸唸有詞的愛科。她視線前方同時播出攝影機拍下我剛才手部的動作影片，以及自箱子中長出的那隻「手」的模仿紀錄。當動作出現細微差異的瞬間，相異之處會被標示閃爍，影像也會暫停，接著則在其他視窗更新描繪出的圖表。

「愛科同學，可以繼續了嗎？」

「麻煩你了。」

不斷重複相同的動作後，愛科的螢幕所顯示的圖表也不停地增長。直到剛好做完廿次時——

「好，這個動作可以停了。換下一個。」

就這樣，今天我跟愛科又為了讓這隻「人工手」能更靈活而採集實驗資料。雖說只是單調的重複動作，但對今年春天才升上三年級、進入研究室的我們來說，能派上用場的大概也只有這種工作了吧。不過，這樣的事一定得有人負責才行，所以我並沒有特別感到不滿，只是愛科有時會覺得無聊罷了。

「朝乃同學，還有黑瀨同學，你們今天可以回去了。」

剛才的學長——名叫町村，是個戴無框眼鏡、面無表情的四年級生——在我背後這麼說道。

「知道了，那麼我就先告辭了。」

回過頭的愛科回應道，我也輕聲說「好」並低下頭，結束今天的實習。

◆　◆　◆

[06/18 Mon 19:10]

「呼——！其實我的肚子一直唱空城計！」

愛科邊說邊用力地把叉子刺入鱈魚子義大利麵。

「還好我們學校的餐廳開到很晚。」

我也邊說邊將蔥拉麵送進口中。

「哎，畢竟是理工科為主的大學，所以這種需求很大吧。咻嚕嚕。升上三年級後，大家幾乎都被綁在研究室到傍晚，甚至還有許多研究生得工作到晚上。哈嗯哈嗯……」

義大利麵可不是像拉麵那樣要發出聲音吸起來……不過就算指責她沒禮貌，愛科多半也會回答「別在意小事，只要好吃就行了」，若無其事地帶過去，所以我還是省點工夫吧。

「不過你吃的拉麵外表還是這麼詭異啊。」

「耶？怎麼了嗎？」

「從蔥的頂端到碗沿都超過十公分了，這還不詭異嗎？況且蔥都比麵還多了吧？」

「蔥拉麵的特色就是蔥，總之一定要放超多的蔥才行。就算快要從碗裡滿出來也不必在意。乍看下這樣的量很異常，其實這才是完美的平衡。除了外觀就像珠穆朗瑪峰一樣壯觀外，吃下去嘴裡簡直就像蔥的祭典……簡單說這又叫蔥慶典（festival）拉麵……或簡稱蔥Ｆｅ拉麵。」

「那真的會好吃嗎？」

「當然囉。對拉麵來說蔥是不可或缺的。對了……就好比用家用主機玩格鬥遊戲時一定要接街機控制器來玩一樣。」

「又是這種莫名其妙的比喻……對了，朝乃同學。」

愛科咧嘴一笑。

「嗯，什麼事？」

「四年級的町村學長是不是喜歡朝乃你啊？」

「……嗄？」

我忍不住停下拿湯匙的手。愛科不懷好意地邊笑邊看我。

「妳幹嘛突然說那個……」

「他說『今天可以回去了』的時候，是先叫你的名字，至於對我則是『還有黑瀨同學』，感覺就好像是順便加上去的。」

「啊，這麼說來好像是這樣？」

「很明顯就能感覺出優先順序不同呢。」

「……耶？就因為這樣嗎？只是因為叫名字的順序？」

「不光只是那個。話說回來，町村學長很明顯只直呼朝乃你的名字。比起我，他更在乎你吧。不，說穿了，他對你抱有特殊的感情……」

「為什麼會變成那樣啊。沒！絕對沒那回事！」

放著不管的話，愛科就會隨自己的喜好任意妄想，我一定要打斷她才行。然而……

「哎——到底是怎樣嘛？呵呵。」

她依舊若無其事地發出忍俊不禁的感想。

同學中唯一跟我進同一間研究室的愛科——黑瀨愛科——這個人，不光只有這一次，她對事物的觀點經常與我不同。

「拜託，妳隨便幻想町村學長跟我也太離譜了吧。」

我邊苦笑邊婉轉否定愛科的假設。

「是嗎？你別看我這樣，我年輕時也吃過許多苦，所以對看人的眼光還算有自信……」

妳今年才廿一歲，「年輕時」又是什麼鬼話？就在我猶豫要不要吐槽的時候——

「喂——！朝乃！」

我聽見餐廳入口有人大聲呼叫我的名字。我轉向聲音的方向，一頭橘色的短髮從室外的昏暗中浮現。

「吃完麵就趕快去打工吧！」

有個瘦而高䠷的傢伙快步朝這裡走來。

「啊，話說回來已經這麼晚了……再等我一下吧十八，我很快就吃完了。」
「真受不了，朝乃你也太悠哉了吧～」
稱呼我為「朝乃」的這傢伙，果然是一、二年級與基礎科目時與我同班的石井十八。他的名字不唸「Touya」或「Jyuuya」，而是「Jyuuhachi」。另外，「篠里朝乃」——Shinosato asano——是我的全名，這傢伙也是直呼我的名字。簡單地說我跟他交情匪淺。打工的地點也是同一個。只不過……
「十八，你明明已經退學了，為何還厚著臉皮每天出現啊？」
「別那麼龜毛嘛愛科。中午在這裡的餐廳吃飯可以省不少錢，晚上來迎接朝乃又變成我的例行公事了。況且大學校園本來就是開放的，每天來又有什麼關係。哈哈哈哈！」
十八不論面對什麼事都是這種態度。自己退學時也是以「厭倦了」這種會害父母昏倒的理由，隨後又直接轉行當自由工作者。此外之後我聽說，事實上他的父母真的因此昏倒了。
「呼……」
我吃完拉麵站起身。
「好，走吧！」
我才起立到一半，尚未完全站直前，十八就搶著拿起我的麵碗，迅速送到食器回收口。要說這是親切嘛，基本上他也算是親切到有點雞婆的傢伙吧。而我扛起背包時，十八已經走到餐廳出

口了。

「朝乃！別磨磨蹭蹭了，今天人會很多喔！」

「喔喔，是嗎？那我得快點才行了。掰啦，愛科同學，明天見。」

「嗯，明天見。不過，今天是星期一吧？又不是週末，為什麼人會很多？」

「這是這個業界特有的人多傾向啦！愛科，妳要來嗎？」

「之前我不是才去過嗎？我的錢包可沒辦法一天到晚去那種地方。」

「錢的問題嗎？愛科妳這麼可愛，在店裡找個男人幫妳付就行了！」

「別開玩笑了——」

「好啦好啦，那我們走吧，朝乃！」

我跟十八像平常那樣慌慌張張，趕向打工的地點。

◆　◆　◆

[06/18 Mon 20:30]

我與十八打工的地點，距離學校步行約十到十五分鐘的距離。

「好，您要的是黑醋栗橙汁！還有薑汁啤酒吧！」

面對手腕戴了以釘書機固定住紙環的客人，我送上飲料。

「兩瓶※Zima！」（譯註：一種原產於美國的酒精飲料。）

「好的！」

Zima只要打開瓶塞就能直接端出去。要是大家都點這個就輕鬆多了。

「給我※螺絲起子！」、「這裡要萊姆可樂！」、「請稍等！」（譯註：一種以柳橙汁及伏特加調成的酒。）

飲料的訂單接連不斷，只靠兩個人感覺快忙不過來了。此外這裡經常播放大聲的音樂，不管是客人的點飲料聲，或我的回話聲，都得刻意放大才行。

「呼——果然月底的星期一都很擁擠啊。」

在我旁邊調雞尾酒的十八輕輕嘆了口氣並這麼說道。店裡的客人大部分都拿到飲料了，飲料吧總算平靜了些。

「今天也有很多時髦的客人啊。」

許多人隨著音樂搖擺身軀。大致掃過去，今天的來客服裝與髮型水準都很高。

「就是說啊。不愧是美容師，這是理所當然的嘛。」

沒錯，他們這群美容師大多是星期一或星期二休假，所以主要都是趁星期一晚上出來玩。特別是在發薪水後的星期一，許多美容師會到酒吧來。因此儘管愛科不明白，我跟十八都預料到今天會很忙。

「……好！觀眾多，我的幹勁也來了！」

十八振作起精神，朝飲料吧後方退了回去。

「加油啊，十八！」

我朝他的背影喊道，十八沒有回頭，而是默默地舉起右拳，就這樣消失在吧檯後。沒多久，十八就站到了ＤＪ台上。

他反戴罩邊的耳機，小心碰觸著等化器與平滑轉換器（fader），表情與平常截然不同，變得異常嚴肅。

自上一班那位前輩ＤＪ所播放的樸素曲目中，今天的十八把選好的第一張唱片放進去。承繼著前一首的ＢＰＭ（Beats Per Minute），優美的鋼琴樂音響起，是一首※Uplifting Trance風的曲子。店裡的氣氛開始微微發生改變。（譯註：一種電子混音風格。）

從遠處看十八的表情，他臉上除了帶有緊張感外還露出滿足的微笑。

我跟十八是從二年級的秋天開始在這——能容納約一百人的酒吧「Cold Transistor」打工的。十八當初約我來面試，我抱著嘗試的心態而來，結果立刻就被採用，隔天就來上班了。之後的週末就突然變得很忙碌，不過能碰到各式各樣的客人以及聽到新的音樂，都讓我愛上了這份打工。

至於十八他自己，他對這份工作比我還……或者該說他很喜歡這個世界吧，才剛開始打工一個月，他就吵著「我要去當酒吧ＤＪ！悠哉的大學已經厭煩了！」之類的話，隔週就向學生課提出退學申請。

「我現在有很多想要的東西啊。例如轉盤跟混音器之類的，不過最重要的還是音樂資料。ＣＤ跟唱片。簡直永無止境。」

對他本人來說，現在說什麼也輪不到上學這檔事。周圍的人都阻止他。包括我跟愛科，以及擔任基礎科目的講師。不過十八什麼都不聽。退學後，他利用白天的空檔去便利商店、牛丼店打工，或是當保全人員等，賺來的錢就拿去買機器、唱片、ＣＤ，憑著這股氣勢半強迫這裡的職業ＤＪ收他為徒，現在不只是平常的營業日，就連辦活動在節目表上也會出現他「ＤＪ Ｅｉｇｈｔｅｅｎ」這個沒什麼命名品味的名號。雖說特殊活動中十八能使用轉盤的時間還很少就是了。

我在接受點飲料的空檔望向他，十八正搖擺身子，同時更換唱片，並緩緩滑動著平滑轉換器。

這就是十八。大家都說十八是個做事莽撞的傢伙。

不過，總之他做了自己想做的事。至少在我看來是這樣。

◆　◆　◆

[06/19 Tues 12:20]

隔天我過了中午才起床，打開窗戶揉著眼睛向外看，房間附近流過的河川反射出耀眼的陽光。儘管梅雨季尚未結束，但今天似乎很晴朗。

我的住所是附帶一組衛浴設備的六個榻榻米大套房。就是那種經常租給學生、年代已經很久遠的出租公寓。我住老家時習慣睡床上，不過自己一個人住以後，就改成了在地上鋪棉被。說起這房間裡有的家具，就只有滑動式書架、放電腦的桌子，以及一張小小的茶几，想多加一張床也不是辦不到，不過我不喜歡地板面積因此變得狹窄。

我慢條斯理地換好衣服走出房間。從這裡到學校大約要步行十分鐘，趕上下午的課輕而易舉。我並不是把上午的課蹺掉了，而是在選課時就盡量不選上午的課。自從在酒吧打工以後，回家的時間就變得很晚，我反省了去年的錯誤，今年特地選擇這種方式。

走出房間後，沒多久就看到學校的建築物。東都工科大學——在理工科大學裡算是比較好錄取的，具備許多獨特的研究室而聞名。我所隸屬的研究室，名為「高機能人工人體研究室」。簡單說就是為了開發機器人與義肢而進行基礎、應用研究。與過去相較，這領域的研究室變多了，不過仍舊為數不多。而我選擇這個研究室的理由……哎，總之就是覺得很有趣吧。

我走向三樓的大講堂，對還留下必修的分析化學感到很厭煩，這個是不得不上的科目。同學幾乎都已經拿到學分，所以也沒有認識的人可以抄筆記。也就是說，我非得自己認真出席了。

◆　◆　◆

[06/19 Tues 13:30]

分析化學的課每次都讓我感覺很漫長……不過總之還是結束了。我去餐廳隨便填飽肚子後，便移動到研究室。

「朝乃你的表情好像很疲倦啊。昨晚真的很忙嗎？」

愛科微笑著向我出聲道。

「嗯，實際上的確很忙，不過疲憊應該有別的理由吧。」

我的身體已習慣了打工，只要不是遇到特別活動，翌日都能恢復精神。我之所以會露出疲倦的表情，一定是分析化學害的。

「呼嗯——雖然聽不太懂，總之，我們開始吧。」

愛科俐落地操縱滑鼠與鍵盤，螢幕回到跟昨天一樣的狀態。我的桌上果然還是放了跟昨天一樣的人工「手」，而且已經進入待命狀態。

「是啊。趕緊來採集資料吧。」

當我的右手又開始反覆運動時。

「篠里朝乃同學……」

背後傳來呼叫我名字的聲音。那聲音有點低沉嘶啞，並不是町村學長。我回過頭，只見教授站在那。

「森巢老師……今天這個時間不是要上課嗎？」

總是面無表情的町村難得微微挑起眉。沒錯，教授本來在白天就有很多課。這個時間會出現在研究室，可以算是相當稀奇。

「是啊，今天停課了。我想早點過來跟篠里同學談談，能花費你一點時間嗎？」

教授以冷靜的語調對我淡淡說道。

「好、好的……」

才剛隸屬這間研究室的我單獨被教授找去「面談」，究竟是為了什麼？我完全無法想像。

「現在的工作停下來也沒關係，到我的房間。」

留下這句話後，森巢教授就消失在隔壁的教授室。

「還是新人就被叫了出去，難不成教授發掘出朝乃有潛藏的研究才能嗎？」

「不可能。只不過最簡單的採樣資料工作，能看出什麼？」

愛科與町村似乎議論著我什麼，不過無論是誰的話我都無法聽仔細。我的腦中湧現出疑問，但我連是什麼疑問都搞不清楚，這就是我如今的狀態。何況至今為止教授都沒有找我單獨面對面談過。只有加入這間研究室的頭一天打過招呼。我是不清楚其他研究室怎麼樣，但這裡好像每年都是如此。

但話說回來，這回卻有了例外。

儘管我完全不明白自己是為了什麼理由被叫出去，不過一直瞎猜也無濟於事。一想到這裡，我便敲了敲教授室的門。

教授室的最深處擺著一張大桌子，先進來的森巢教授已經坐在那裡了。

「好，總之你先坐下吧。」

意思應該是叫我坐在門邊的待客用沙發上吧。可是——

「那個……森巢老師，這位是？」

隔著茶几的對面沙發上，已經有客人先光臨了。

「啊，你就坐她對面好了。」

穠纖合度的苗條四肢，纖細的身軀。如祖母綠寶石般閃耀著深綠色的長髮，在她腦袋偏高的位置紮成兩束，至於肌膚則雪白得清新脫俗。這位身穿頗為奇怪服裝的少女，始終閉著眼坐著。

我怯生生地在少女對面坐下。教授確認我就座後，不知為何，便無言地立刻操縱起書桌上的ＰＣ終端機。

這是什麼情況？被叫來是還好，但又不知道是為了什麼事，眼前的這女孩……是教授的千金嗎？不，應該不是。就算是好了，為何突然叫我來見她。沒有理由啊。況且，她竟然能坐著睡著。

——到底是怎麼了？

「呃，森巢老師……」

我無法按捺地向教授問，同時教授也停止操縱ＰＣ，站起身來。

「看前面。」

「耶……？」

眼前的少女這時慢慢睜開眼睛——

「初次　見面。」

「……!?」

乍看下像是十五、六歲的年紀。但，她說話的方式卻像幼女般斷斷續續。不，也許是外國人的緣故？總之不太自然就是了。

「篠里同學，你向她自我介紹吧。」

教授把視線固定在ＰＣ終端機的螢幕上，並如此告知我。

「耶？好……好的。」

我看著她的臉，還有眼睛──總覺得很夢幻，一直看下去有種自己的時間被停止的感覺。在這種狀況下，即便單方面被要求作「自我介紹」，在依言照辦前應該都還是會湧現出疑惑吧。不過我簡直就像被催眠了一樣，不自覺張口說話。

「初次見面……我是篠里朝乃。」

「篠里　朝乃　先生　請　多多　指教。」

綠髮少女淺淺地微笑起來，果然還是以斷斷續續的說話方式對我打招呼。

儘管我感到混亂，但與這位莫名其妙的少女簡單打過招呼後也安心多了，稍稍恢復了冷靜。

話說回來，教授完全不解釋就單方面下指令的用意還是很令我好奇。我再度望向正在注視液晶螢幕的教授，提出疑問。

「森巢老師，這是怎麼回事？這女孩是……」

教授這才首度轉向我，平靜地說……

「這是我們開發的最尖端人造人。集合了這個領域的大成。」

「咦……？」

我啞口無言了。

不論怎麼看這都是人類吧。至今為止我所見過的人造人，例如那隻「手」，以及學長們研究的「腳」跟「臉」到底算什麼啊？很明顯等級完全不同，差太多了。然而教授的表情卻依舊很平淡，看不出是在捉弄我為樂。此外……

眼前這名少女，確實有種難以言喻的不可思議氣氛。

彷彿既像是人類，但又不是人類。

就算乍看下像人類好了，卻又隱約散發出強烈的異樣氛圍。

「我的　名字是　初音　未來　朝乃先生　請多　指教。」

少女——不，應該說人造人？——朝我報上自己的名字。我該怎麼回應才好？正確的回應是什麼？或者說我該怎麼做？這些我一點頭緒也沒有。

「篠里同學，我希望由你來負責她的現場測試。」

口氣就像一切早已事先準備好了似的，教授如此說道。

◆　◆　◆

[06/20 Wed 11:00]

我們大學的四樓有四間可容納約一百人的大講堂。我在其中之一——四〇二講堂上資訊處理史的課。對我而言，這是每週只有兩次的上午課之一。擔任的副教授用跟平常一樣的步調授課。電子計算機的歷史，在上週終於講到程式語言的誕生。以這種速度上下去，我真懷疑一年內是否能講到現代的程式設計用語，不過看老師完全沒有想加速的打算。真是的，也太我行我素了。

不過——今天教室裡的氣氛卻跟平時不同。

「朝乃先生　我該　做什麼才好？」

穿著淡藍色無袖連身裙的少女坐在我的旁邊，小聲地問我。

「呃，那個……安靜地坐在這，聽前面那個人說話，覺得『這裡很重要』或『這裡很有趣』的時候，記在筆記本上，感覺就像這樣吧？」

「明白了。」

少女似乎很滿足地淺淺笑著，直直地望著我的眼睛，依舊小聲地表示理解之意。這時教室由安靜轉為嘈雜。我跟她是坐在教室的正中央附近，在她出聲的時候，前面已經有人偷偷歪著頭窺看這裡。背後也聽到了竊竊私語聲。儘管我沒法回頭確認，但我可以強烈感覺到背後的人刺向我們的視線。

某種程度我可以預期這樣的後果。畢竟這女孩實在是……太可愛了。

不引人注目才怪吧。

至於坐在她旁邊的我，只是穿著設計平凡的襯衫與普通牛仔褲，再加上腳跟磨破的球鞋一雙。臉上又戴著毫無特色的眼鏡，搭配半點個性都顯現不出來的五官。這種極端的乏味連我自己都很明白。絲毫沒有一點顯眼的要素。因此在這樣的我身邊，那女孩的存在又變得分外突出了吧。

Hatsune Miku——寫成漢字就是「初音未來」，這是教授告訴我的。

那名少女搖曳著一頭長度到腰部下方的綠色長髮，臉上總是掛著微笑……

昨天教授所說的「現場測試」，也就是將人造人帶出研究室，觀察她在一般環境下的反應。

「那，今天的課就上到這邊。下週因為有學術會議所以停課。再下週則要講※FORTRAN和※ALGOL的開發經過，請大家先預習那章。」（譯註：兩者都是高階程式語言。）

副教授闔上書跟筆記，準備從講台朝門口離開。不過途中，他微微轉向我跟未來的方向瞥了一眼，之後又繼續向前走並離開教室。

看來他果然很在意，上課過程中也不時朝我們這裡看。

「課　已經　結束了？」

「初音未來」微微歪著頭對我問。

「嗯。老師走了，這樣課就算結束了。啊，所謂的老師是指……」

「剛才　一直在最前面　說了許多話　的人？」

「沒錯。正確答案。」

我點點頭，「初音未來」微微露出一笑。

「朝乃先生　接下來　要做什麼？」

「現在是午休時間，該去餐廳吃午飯了。」

如果是對十八，我大概會說「去嗑點東西」吧，不過我不希望這女孩學會粗魯的用語，所以才特別謹慎。

「什麼叫『該去餐廳吃午飯了』？如果想耍優雅，應該說『用膳的時刻已至』才對吧。」

「那樣又太裝模作樣了……耶，十八!?」

說曹操，曹操就到，我才剛在心裡想起那傢伙，抬起頭就看到十八出現在眼前。不，並不只是十八一個人。

「篠里！這女孩是誰!?」

「超可愛的！叫什麼名字？」

「跟篠里你是什麼關係？妹妹？親戚？」

「還有十八啊，你都退學了就不要每天中午準時到學校開飯吧——」

「嗯？是嗎——？」

「不過，不管怎麼看她都像高中生耶？還是說她很娃娃臉？」

「十八，下次有空一起去喝一杯！」
「嗯，改天吧！」
「所以，篠里，這女孩到底是誰？」
就好像被扔入暴風雨當中，不知什麼時候，我跟「初音未來」身邊圍了好幾個人，諸多質問排山倒海地湧來。附帶一提，雖說十八退學了，但在校內依然很受歡迎。只要他在中午或傍晚吃飯時現身，總是會有許多同學主動向他打招呼。
至於引起注目的「初音未來」，或許是為此騷動感到困惑，或許是不知該如何反應才好，只是表情愣愣地坐在我身邊不動。
「慢著慢著，大家一口氣問教朝乃怎麼回答啊。先冷靜點吧。」
十八終於出手控制場面。
「不過我也很好奇耶！所以，朝乃，趕快告訴我！」
被逼上梁山了……我最不擅長這種事……不過，這時也只能下定決心了。
「那、那個，這女孩是……」

◆　◆　◆

[06/19 Tues 16:50]

「以仿造人體所有器官的蛋白質構成人工細胞……腦幹以下全身的神經網絡是單層奈米碳管……在腦與所有神經節、神經叢都配置了高信賴性、低耗電的ＣＰＵ……」

這是教授告訴我的關於初音未來的概要內容，但由於太專業了我還無法完全理解。

不過勉強可以搞懂的一點是，這種事應該根本不可能實現。

假使坐在我正前方的這位少女真如概要內容所組成，不光是在學術會議中，就連全世界都會受到巨大的衝擊吧。

然而……如今坐在少女身邊的森巢教授卻是一臉平靜的嚴肅表情。況且話說回來，把還只是大學生的我特地叫出來到底有什麼意義。

「這個計畫不只是我的研究室，還跟許多領域的諸多研究者有關。甚至可說我只是把各領域的成果結合起來也不為過。由此得出來的成果就是這個『初音未來』。正如你所見，『初音未來』的外貌非常理想……不，或許該說太過接近人類了吧。這是各領域研究者全力以赴的結果，不知不覺誕生了這樣超越技術的結晶。至於不公布開發過程的理由則是為了專利權的對策。」

「那既然現在已經完成了，應該可以發表成果取得專利……」

「你還真性急啊。初音未來依舊是未完成品。這也是需要你幫忙的理由。」

這樣還叫未完成品……？

就算不碰觸也能明瞭的柔軟肌膚。說話時的生動表情也很自然。這種質感與細微的動作，究竟是使用了什麼素材，裝入了多大量的驅動裝置才能實現的？結果教授還能說這是「未完成品」？

「要麻煩你的並不是研究開發，而是現場測試。目前『初音未來』只具備基本對話模式與一般生活必備的最低限度運動機能，加上只相當於人類八歲兒童平均的對應能力，資料透過數位化後灌了進去。之後透過學習機能可使她虛擬人格的複雜化、多樣化到何種地步，我希望能實證一下。這也就是所謂的人格形成。只要能通過這關，人造人便能以人類亞種的身分在社會上活躍。屆時，願意承認他們人權的輿論也會出現。到此為止，才算是終於達到公布的條件。」

我知道教授想說什麼，也明白他想追求的目標。不過……

「為什麼會挑上我？」

那種事不是誰都可以做嗎？我搞不懂指名我的理由。

「篠里同學，這麼說有點失禮，還請你原諒，不過正因為你對這領域不熟，所以才能交給你。假使是對人工智慧有某種程度理解的研究者，就會不自覺做出讓人工智慧學習的行為。那就失去實驗的意義了。加上你也是可以保守祕密的人。你並不是好大喜功的個性，又是屬於行動謹慎的類型。」

「請等一下。的確我還沒有接觸人工智慧的研究。可是『能保密』跟『不好大喜功』這兩點，我跟教授今天才第二次說話，為什麼……」

「我得再度向你道歉，你申請入學的考試資料，以及一、二年級的期中期末考資料，我已經全部請心理學專家分析過了。透過精密的分析結果，你是我研究室裡最合適的人選。」

我感覺有點恐怖。同時也有點生氣。

原來在我不知道的時候，竟然被調查得這麼仔細嗎？

「我也對你感到很抱歉。可是我希望你能理解這項計畫的重要性，並提供你的協助。你只要保持平常心跟她待在一起就行了，當然，我會付給你研究協助費。總之你不必想得太複雜，就當作多了一項收入不錯的打工吧。」

我還是有點難以接受。

不過，坐在教授旁的「初音未來」——以天真無邪的微笑，始終凝視著我。

「……我明白了。」

我並不是百分之百接受了。也許最後使我答應的理由，是因為我被這位才見面十幾分鐘的少女——「初音未來」所深深吸引了吧。

「很好。那麼接著來說明現場測試的實施綱要。」

教授將其他文件放在待客用的茶几上，開始進行說明。

◆　◆　◆

[06/20 Wed 12:20]

「總而言之，這女孩的日文並不是很靈光。哈哈哈。」

我不擅長說謊……從剛才開始背上就不知道冒出幾次冷汗。

「咦——竟然突然出現一個日英混血的表妹，篠里意外地有國際觀啊。」

慢著，假設表妹跟日英混血是真的好了，為什麼這樣就變成我有國際觀啊？

我雖然很想吐槽，不過這有可能反而為自己惹上麻煩，所以我還是忍了下來。

「在那邊十六歲就能跳級進大學吧？她就跟洋娃娃一樣可愛，而且腦袋一定也很好，真是不甘心啊。太詐了！」

那些都是我昨天想出來的謊言，我感到有點心痛。

「好——專訪時間差不多該結束了！如果不趕快去餐廳吃午飯午休時間就要過了。」

十八在我非常需要幫助的時機插話道。

「是啊，那，我們走吧。」

「明白了　朝乃先生。」

我與「初音未來」從座位上站起來，追著十八的背影走出講堂。在走向電梯間的途中，剛才聽別堂課的愛科跟她幾個朋友也剛好一起走了過來。

「喔——！朝乃跟十八……嗯？你們為何跟高中女生在一起啊？啊！是附近學校的學生來參觀嗎？可是會在這時期來也怪怪的。究竟是怎麼回事？」

麻煩的一點是愛科的好奇心很強。不過，就算她不是那種個性，這女孩的存在也不免令她好奇吧。老實說那女孩根本是整個從周遭的空間中跳脫出來。現在就連愛科的朋友們也在遠處偷偷觀察著。

「嗨，愛科！要不要跟我們一起去吃飯？」

「嗯，好啊。大家也要一起來嗎？」

「走吧走吧！」

回答完十八後，愛科一邊邀約朋友們，同時視線繼續捕捉著「初音未來」。在去餐廳的途中，我把剛才在教室裡對看熱鬧群眾說過的話又重複一遍。

「簡單說，未來的父親在海外工作時，與當地的太太結婚，生下了未來，然後工作結束後就全家一起回國了？」

「沒錯沒錯。所以，這女孩的父親是我母親的哥哥，也就是我的舅舅。」

「嗯嗯，難怪姓氏不一樣。」

當然我母親娘家的姓並不是「初音」這種怪姓。總之這一切都是大謊言，但總感覺要比剛才說得更溜了一點。難道我已經開始習慣說謊了嗎……或許我的適應力比自己想像中更強？不過我卻一點也不高興。

「她在英國就是大學生了，接受轉學考後進了我們的大學。身分暫時還是旁聽生，取得某些學分後就會進入研究室。」

「嗯。在這女孩適應前你得照顧她，也就是說身為表哥的朝乃對她來說可是最特別的人囉。你要好好把握唷。」

愛科的直覺雖然很敏銳，但至少目前她對「初音未來」的來頭不再感到疑惑。我暫時放下心後，我們也到了餐廳。

我們大學的餐廳人潮並不擁擠。應該說，這附近還有許多分量很夠的用餐選擇，價錢儘管比學校餐廳貴一點，不過種類很豐富。自然而然，到外面吃飯的學生便多了起來。因此我們也很輕易就找到了座位，十八點了牛肉烏龍麵，愛科是咖哩飯，我則吃起了蔥拉麵。

「朝乃每次都吃這個耶。」

「那傢伙是蔥拉麵中毒患者。一天不吃一次以上就會手腳發抖。」

「是嗎？那就是成癮症嘛。有必要治療一下。」

愛科嚴肅地表示，周圍的女性朋友們都笑了起來。

「不，我並不是上癮。只是很喜歡罷了。」

這時一定要明確否定才行，愛科的捕風捉影是很可怕的。

「哈哈哈哈！愛科的腦袋果然不太正常！就是這點有趣！」

十八這麼說道，女性朋友們也紛紛點頭。

「你這種完全走上歧途的人，可沒資格說我啊。」

愛科並沒有生氣，只是輕輕笑著反駁。這種機智的對話方式也是她的魅力之一吧。

「咦？未來，妳吃這一點點夠嗎？」

愛科將配菜的蘿頭送入口中到一半，對微微張嘴咬著三明治的「初音未來」問道。

「是啊，她吃得很少。」

「她明明是十六歲耶？正在發育的年紀唷？我不贊成這樣。」

本來我想敷衍過去，但愛科卻以訝異的目光看我。糟了……

在昨天森巢教授的解說中，提到「初音未來」為了盡量接近人類，透過人工裝置重現許多器官、內臟。因此，她基本上也可以進食。

不過話雖如此，她畢竟沒有消化系統的機能，也就是她身上並沒有安裝將食物分解得到代謝材料的機制。人工細胞是模擬生物細胞製作出來的，但卻遠比自然產物更長壽，所以本來就不需要代謝。

加上人類是為了活動肌肉才需要肝糖，為此必須透過食物攝取，而「初音未來」的肌肉是以人工纖維形成，浸泡在特殊的高分子液體中。她的肌肉伸縮似乎是透過液體的化學反應所產成的能量。由於高分子液體長時間使用後會劣化，所以每週必須定期更換……大概就是這樣吧。

總之，「初音未來」根本不需要吃東西。然而——

「你盡量以對待普通人類的態度接近她。」

教授是這麼指示我的。關於進食這點也是，「只要不超過人工胃的容量，就讓她吃吧」。

也就是說，「初音未來」食量少是必然的。但我卻不能這麼向愛科說明，只好說她「吃得少」了。

「多吃一點比較好吧。把身體弄壞就麻煩了。」

愛科凝視著「初音未來」的臉如此道，她這應該是出自於親切的關心吧。不過關於這部分我卻希望她趕緊罷手——只可惜我想改變話題，臨機應變的能力卻不足。偏偏這時候十八又專心一意地吃著烏龍麵，根本沒在聽我們的對話。當我苦於這種困難的狀況時——

「我　肚子　不太餓　身體　也很好。」

「初音未來」露出微笑，自行回答愛科。

「是嗎？假使妳不是勉強自己節食，那就沒關係了。」

看來愛科也接受了，她剛才停下的手重新動了起來，享用自己的咖哩。

「……？」

結果這回輪到我停下了手。

剛才「初音未來」是聽了我跟愛科的對話後，才應對出恰當的內容。

直到先前為止，她都還只會問「該怎麼做才好？」，明明沒有我的引導就動彈不得，沒想到剛才她已利用「學習」到的資訊自己「對應」了。

現場測試才開始不到一天，她就具備了強大的適應力。

我想起教授所說的話：

「這類型的人造人實用化後，世界會出現大幅變革吧。」

教授展露出充分的自信。我對「初音未來」的興趣也愈來愈濃厚了。參與現場測試的動機更因此提升。不過姑且不討論那個……

「話說回來朝乃，我們好像很引人注目啊。」

這不必愛科多言。在來餐廳的途中，還有進餐廳後，「初音未來」始終都是周遭目光的焦點。

大概會有好一陣子都這樣吧。這女孩真顯眼啊……

◆ ◆ ◆

[06/20 Wed 13:05]

吃完午飯後，我們離開餐廳各自前往自己的目的地。

十八要去便利商店打工，所以自學校離開。愛科去上下午第一堂課，而我今天下午沒有課。

要馬上去研究室也不是不行，但是……

「朝乃先生　接下來要做什麼？」

做什麼才好哩。純真仰望著我的「初音未來」的視線，感覺似乎充滿期待。

「那，對了。先帶妳逛逛學校的設施吧。初音……小姐，應該對校園還不怎麼熟悉才是。」

「是的　謝謝，朝乃先生。」

「不、不用這麼客氣，那並不是什麼需要道謝的事。啊、啊哈哈……」

被她這麼直率地感謝，忍不住讓我害臊起來。不過冷靜想想，因人造人的舉動而不好意思似乎有點奇怪，不過我還是不要深入探討吧。教授也說「希望你能以對待普通人類的態度接近她」。所以，就維持剛才的感覺吧。

「朝乃先生　您想帶我參觀哪裡？」

「初音未來」又以滿懷期待的目光催促我。

「這個嘛，總之先下到一樓吧。」

「好的。」

既開朗又清脆的聲音。儘管她回答得很好，不過這樣下去也會出問題。

「啊，對了對了，妳不必對我使用敬語。我總覺得很不好意思，況且……」

再來的話不能讓其他人聽見，我微微將臉靠近「初音未來」的耳邊，壓低音量。

「我跟妳如果是表兄妹，用敬語會讓人起疑，對吧？」

雖說在國外生活了很多年，但兩人以前也是見過面的，我可不想破壞這樣的設定。儘管我確實較年長沒錯，但應該沒有表妹會對表哥用敬語吧。

「所謂敬語是指，對他人尊敬的說話方式嗎？」

「是啊是啊。剛才妳說話的方式就是了。對其他人是可以，但對我說話時最好不要用敬語。」

「是的，我明白……好吧，朝乃先生。」

她途中察覺到語氣便改了一下。

「哈哈哈，那就保持這種感覺吧。」

明明是人造人卻莫名像人類一樣地中途停住重說，我忍不住苦笑起來。我們一起走向電梯間。周遭的視線果然讓人不舒服，不過那也沒辦法。

兩人下到一樓來到運動場。視野內出現外野很狹窄的棒球場，一旁則鄰接著足球場。我們學校的體育社團雖然不盛行，但也不可能只有棒球隊跟足球隊在室外進行活動。網球社是借用東京市立的場地活動，橄欖球隊則是到從這裡搭電車約三十分鐘車程的校外專用球場。其他還有好幾個使用校外場地的社團……正當我在說明的時候——

「棒球、足球、網球……嗯，知道了。」

一邊重複著我的話，「初音未來」彷彿可以理解地點點頭。

「那個，妳所謂的『知道了』是什麼意思？」

「棒球是一隊九人，以球棒、球、手套進行的運動。足球也是使用球，一隊有十一人，不能使用手的運動。但守門員與在邊線外擲球時例外。網球是一人對一人或二人對二人，使用球拍跟球……雖然我沒有見過，但我知道。」

是嗎——這麼說來，「初音未來」對我所使用的「上課」、「午飯」、「餐廳」這些詞彙本身也沒有發出疑惑。只不過，她會詢問當下自己該怎麼做才好。也就是說，一般的詞彙起初就已經把意思輸入進去了吧。所謂能成立最低限度對話的初期設定應該就是指這個。

「那下次等棒球隊跟足球隊練習時，再來這裡看看吧。比起只是知道，親眼目睹過會更好。」

「謝謝你朝乃先生。下次，再帶我，來看練習吧。」

因為是才啟動沒多久的人工智慧，想要收集更多情報的動機，或是以人類而言的「好奇心」被設定得很強烈吧。「初音未來」直接向我表達出期望。不過我並不討厭這樣，甚至應該說我非常高興。

我們之後搭電梯一層一層往上爬，參觀過講堂、研究室、會議室，與學生課，甚至還包括男廁與女廁。我自己也是第一次這麼仔細地逛了一遍學校，而最後，我們來到了屋頂。

◆　◆　◆

[06/20 Wed 13:40]

我們學校的屋頂上有庭園，每次這個時間，沒課的學生或手上沒工作的大學職員都會坐在長凳上，看書或玩遊戲、手機，也有人只是坐著發呆。每個人都有在這裡放鬆的不同方式。

「朝乃先生，這裡是，哪裡？」

「啊，這裡是屋頂。不過，也是庭園。」

「可是，『屋頂』跟『庭園』意思應該不同吧？」

「初音未來」對四周東張西望，似乎感到很困惑。

「呃……正確地說是『建在屋頂上的庭園』吧。我們學校土地面積很小，沒有空間設置普通的中庭。」

「也就是說『屋頂同時也是庭園』嗎？我懂了。」

像這種比較不正常的情況，果然還是需要某人幫忙說明才行。就算翻辭典裡的「庭園」條目，也不可能註明「也會建在屋頂上」吧。

「妳在這等一下，我去買飲料。」

剛才逛了很久，我口都渴了。讓「初音未來」在長凳坐下後，我去電梯旁的自動販賣機買了罐裝咖啡與柳橙汁。

「是運動量不足嗎……只走這麼一點路就又渴又累。」

我邊說邊喝著罐裝咖啡。

「朝乃先生，『口渴』跟『疲累』是什麼感覺？」

又被問了很直接的問題，不過這該怎麼回答才好——

身為人造人的「初音未來」是不知道疲累的。她既不需要飲食也不會感到口渴。剛才她在餐廳回答愛科「肚子不餓」，有一半是配合我的方便，另一半則是真的。要讓「初音未來」比辭典的解釋更深入理解「疲累」與「口渴」的感覺，這種說明真的很難……

「唔——『疲累』啊，就是感覺到身體很沉重吧？」

「也就是，短時間內體重增加了？」

「啊哈哈，不是那樣啦。雖說不是那樣，不過感覺很接近了？就像是體重增加了一樣，身體變得難以行動——這類似這種感覺。」

「嗯，我大概，可以部分理解。」

儘管她用力點點頭，但我真的有說明清楚嗎？搞不好這女孩雖是人工智慧，但卻會顧及我的顏面？如果是那樣就太不好意思了。

「那麼『口渴』又是什麼感覺？」

「嘴裡乾乾的……不對。在變成那樣之前，就可以感覺到口渴了。好比說，很想喝水、茶、咖啡、果汁之類的！這種心情就是『口渴』吧？還有，在口渴的時候喝飲料，會覺得很好喝。」

「呃——好像明白了。」

「抱歉我說明得很糟糕……」

我略微感到有些失落。

「沒那回事。我可以明白。剛才朝乃先生，就覺得罐裝咖啡很好喝吧？」

這女孩對不理解的事物卻能點出本質。真是了不起的人工智慧。

「是啊，正如初音小姐所說，剛才的罐裝咖啡非常好喝。」

「好喝，是好事嗎？」

「是好事沒錯。只要吃喝美味的食物或飲料，疲累就會減輕。初音小姐願意的話，也可以喝這柳橙汁喔？」

我遞出從自動販賣機買來的柳橙汁。

「嗯，我（僕）也來喝喝看。」

嗯？

「剛才……妳說『※我（僕）』？」（譯註：原文初音使用了日文的男性第一人稱代名詞「僕

(boku)」，取代一般的「私（watashi）」。）

「把自己稱為『我（私）』是敬語，而『我（僕）』才是一般用語吧？」

「不不，初音小姐是女生，所以用『我（私）』就好了。」

「可是，愛科小姐也是女性，她卻用『我（僕）』。」

「愛、愛科同學她……很特別。是例外啊。」

我苦笑著說明道。愛科是有些特異的存在，不知道她是否可以理解。

「呼——是嗎？那，還是用『我（私）』吧。啊，不過……」

她突然抽回伸出來要拿柳橙汁的手。

「耶？妳、妳想？」

「初音未來」突然探出身子，貼近我的臉。

「不用叫我『初音小姐』比較好。我跟朝乃先生，是表兄妹的話，用敬語可能會被起疑，對吧？」

「初音未來」小聲地這麼說完，上半身又恢復原來的姿勢，像是什麼事也沒發生過一樣，接過我手上的罐裝柳橙汁。

臉貼過來只是為了低聲跟我說話吧。至於壓低音量的理由，是因為「初音未來」也理解表兄妹這個設定是祕密。或者可說是她採取了必要的行動。

不過就我的立場而言——老實說，那讓我小鹿亂撞了一下。

耳朵好像也在發熱，連我自己都感覺得到。

我看向坐在旁邊喝柳橙汁的「初音未來」，她那張似乎非常開心的側臉。

就在一瞬間之前，那張臉龐距離我只有幾公分。

「朝乃先生，你又累了嗎？」

「啊，耶、耶？」

「因為，剛才你明明還在喝咖啡，現在手卻不動了？也就是說，你感覺身體變重了？」

「不、不是啦，妳會錯意了……啊哈哈。」

我為了蒙混過去再度喝起咖啡。

傷腦筋……不，是真的很困擾。我得更謹慎一點才好。

「呃——的確叫『初音小姐』是有點怪，那『初音』……不，這樣好像更奇怪。到底……」

「未來，我覺得這麼叫最好了。」

極其合理的判斷，真不愧是人工智慧。但……

「唔。是嗎？好像有道理……未、未……」

我異常緊張起來。畢竟我還沒有直接叫女生的名字過。雖說對家裡的妹妹當然是直呼其名，不過我並沒有把妹妹當作女生看待啊。

「未……未來？」

所以這是我的第一次體驗。

「沒錯，我就是『未來』唷！」

「初音未來」……不，未來滿臉笑容地回答道。

剛才的表情——儘管打從我見到她開始，她就始終保持微笑，不過要比喻的話，那就像百貨公司櫃台小姐般的「制式微笑」。今早在上課中也是這樣，我們吃午飯時也是這樣。然而從兩人在學校裡散步開始，她的微笑就變得很柔和。而剛才的笑容——簡直就像要去遊樂園的孩子一樣，是打心底愉悅的笑容——

心？

不，那一定是複雜演算法所導出的反應吧。

然而當我看到那笑容的瞬間，什麼理論性的玩意兒都從腦袋裡飛走了。

因為——我也很高興。

◆　◆　◆

[06/20 Wed 14:20]

天氣很好，有舒服的風吹過，我們在屋頂上休息了一陣子後，我與未來彼此確認了明天的行程。話雖是這麼說，但幾乎都是在確認我的事。基本上根據森巢教授的計畫，未來要盡量配合我的時間一起行動。明天上午沒有課，所以要在正午前與未來會合。一起吃完午飯後，一同去聽下午的兩堂課。再來傍晚起就去研究室。

附帶一提，未來是不能帶去研究室的。未來在校內的身分是「旁聽生」也是理由之一，不過真正的理由是根據森巢教授的指示。「假使具備一定程度知識的人長時間接觸『初音未來』，就有可能看穿她是人造人。現在她還只是一小部分研究者跟你才知道的祕密。」森巢教授如此表示。

「那，明天大概十一點半，在跟今天一樣的那座橋上碰面好嗎？」

我住的房子旁有河川流過，河上架著幾條小橋。其中之一就是今天我們約定碰頭的地點。未來所說的也是那座橋。

「嗯。就這麼決定吧。我會小心不要睡過頭的。」

「所謂『睡過頭』，是指因爬不起來而錯過時間，是嗎？」

「對對。」

我若無其事地應答著，不過心裡有點驚訝。

上午上課時說話還有點結巴的未來，才過了短短半天，就已經能如此流暢地對話了。何況不只是回答我的問題，她還能隨時加入自己的判斷。當然，與她的對話還不到十八或愛科那種程度，不過那或許也只是時間早晚的問題。

「明天的事已經明白了。那麼朝乃先生，今天接下來呢？」

未來以天真無邪且期盼著什麼的閃亮目光向我問。

「今天接下來我要去研究室，再來則是打工。『打工』就是指『按鐘點計薪的工作』。所以今天就先在此分手，明天再見面吧。」

「是嗎……我知道了。雖然知道，不過我還想再逛逛……」

未來露出有點鬧彆扭的表情，似乎很遺憾地說著。

話說回來昨天森巢教授曾提過，「跟人類幾乎同等級的先進人造人，才是對人類而言最好的介面，能大量減輕人類的壓力」。這也是這項研究的意義。

不過我現在從某種意義上來說，或許反而承受了壓力。我感到很困惑，被她擺出這種表情埋怨時，自己該說什麼才好？

「總之，先下去吧。我送妳到正門。」

兩人搭上電梯，結果我還是說不出什麼打圓場的話。凝重的沉默持續著……到了最後我依然不習慣這種狀況。

電梯抵達一樓，我跟未來一同走過前往正門的短短一段路。我發現那裡停著一輛正在待命的黑色租賃車。司機打開後門，未來便坐了進去。在車門即將關上前——

「朝乃先生！明天見！」

未來以充滿活力的笑容如此叫道。我也揮著手，目送車輛離開。

那張充滿期待的笑臉——從明天開始，我也希望能盡量回應她。能讓昨天才認識她的我出現這種想法，都是因為她那張笑容。

◆ ◆ ◆

[06/20 Wed 17:00]

「朝乃，你今天做事心不在焉啊。」

又來到了慣例的研究室，我跟愛科搭檔對「手」的動作進行採樣，然而實驗進行得並不順利。

「抱歉抱歉，該說我的狀況不太好吧……」

「那太糟了，朝乃同學——那麼一來本月下半月的實驗行程就來不及跑完囉？或許你會覺得我很囉唆，不過我是在擔心你啊。」

町村才剛責備過我，愛科就小聲對我咬耳朵。

「呵呵呵……町村學長果然很在意你啊。」

不過，我自己卻完全沒心情去想那個。

剛才未來的臉龐——人工智慧演算法與精密的人造人體結合，最後真能得出剛才那種表情嗎？簡直就像人類，不，或許在人類之上——

「町村學長，我跟朝乃同學今天都不太舒服。所以想先回去了。」

「嗄、嗄啊啊啊!?不，先等一下黑瀨同……」

愛科沒等町村說完，就直接抓著我的上臂把我拉出去了。

背後好像傳來叫住我們的聲音，但愛科還是扯著我的手臂，風馳電掣地衝進電梯內。

「你現在若是有掛心的事，最好還是以那個為優先。」

抵達一樓後，臉上浮現從容笑容的愛科這麼說道。

「……妳的意思是？」

「人類隨時都有可能死，所以從自己最在意的事開始處理起比較好。」

從途中開始愛科簡直就像在自言自語一樣，大跨步地邊邁向玄關邊對我說。接著愛科又回過頭。

「朝乃，你似乎沒辦法集中精神，真沒辦法。嗯，這也不能怪你。」

她閉上眼砰砰地敲了敲我的肩，醞釀出「放心，我全都看透了」的氣氛。

「呃……妳是說什麼事真沒辦法？」

「久違的表妹竟然變得這麼可愛，你無法隱藏內心的困惑吧？」

「耶？」

「不必裝蒜。午休在一起的時候，你已經動搖了好幾次。」

「那是因為……」

那時候動搖的主要理由，恐怕是因為我說謊吧……

「不過有些話我要先說清楚！未來才十六歲。意思就是！如果你一時糊塗，就會因被逮捕而毀了一生！」

「一、一時糊塗？」

「如果你非常想做的話，勸你最好先去辦入籍。既然已經十六歲，只要有父母的許可還是能結婚的。此外表兄妹也可以結婚。只要你乖乖按照步驟來，就是誰也無法挑剔的純愛情節了。純愛。」

「……」

看來她又擅自妄想起故事了。

「之後你們的孩子也會是混血，未來非常可愛，至於朝乃你雖然平凡了點，不過五官老實說也算端正，所以小孩一定會很漂亮……真教人期待啊。」

「那個——愛科同學？妳愈說愈離譜了。」

「喔喔失禮了，不小心陷了進去……剛才那只是玩笑話。你在研究室裡無法集中精神，是因為從今天起就要照顧表妹，腦袋才一片混亂吧？」

「嗯，老實說是這樣沒錯。」

當然說得更誠實一點，我是被人造人的笑容——給擊沉了。

「不過我想朝乃你很快就會習慣的。今天你先去打工吧，轉換一下心情也好。就這樣囉，我也要回家了。那麼，明天見！」

愛科爽快地拋下這句，便逕自回去了。

◆　◆　◆

[06/20 Wed 19:00]

「喔？為什麼今天這麼早，朝乃？你今天的班不是八點嗎？」

十八向正在打掃飲料吧周圍的我出聲道。

「我是在研究室中途蹺頭的。不過，想打發中間的空檔卻沒事可做。」

「呵——真難得啊。朝乃也會蹺課、遲到、早退，我可從來沒聽說過。」

「哈……其實也不是我自己要早退的，這該說是愛科同學雞婆了點嗎……」

「那是什麼意思？」

我簡短地說明事情經過，十八大笑起來。

「哈哈哈！的確是愛科的作風！那傢伙雖是個很會幫朋友著想的人，不過一旦決定『這種情況要這樣做才好！』後，就會完全不拐彎抹角，直接蠻幹下去了！」

十八的用詞有點粗魯，但對愛科的評價很精確。她真的就是這種感覺……嗯？

等等，為何我到現在才發現這點啊……

「那個，我突然想到，愛科同學跟十八你的個性很像啊？」

十八也是一旦下定決心就不會考慮其他事、直接向前衝的類型。不然他就不會主動退學，也不會來學ＤＪ這行了。

「是啊！你明白我的懊惱了嗎？」

「嗄？」

為什麼愛科跟自己的性格像會令他懊惱哩？

「愛科是爽快型的美女。她素顏的美貌水準在大學裡算屈指可數了。說話也很風趣。另外就是……她的胸部！好大！太大了吧！臀部跟大腿的曲線也很美，符合我的喜好。腰部不會太細這點更讚！那才叫健康美啊！」

「你這傢伙，幹嘛突然亢奮起來……」

「正常情況下，我應該會對愛科死纏爛打才對。可是……」

十八握著飲料充填機的噴嘴，似乎很遺憾地繼續說道。

「愛科的性格跟我太像了。我認識她一個禮拜就知道了。」

才認識她一個禮拜就知道，也就是說，才入學不到一週的時間。真沒想到十八看人的眼光如此犀利……

「不過啊，兩人個性相像不是更好理解彼此，更能成為最棒的組合嗎？」

「是的確有那種例子，但我跟愛科在一起就不可能了。兩人都是不會踩剎車的橫衝直撞型，一旦交往簡直就像兩輛車彼此對撞。」

「沒想到你這麼冷靜……」

感覺他的言語跟做法有矛盾，不過看來即便是不會踩剎車、橫衝直撞型的十八，在那之前還可以做出根本不踩油門的選擇。

「因此我跟愛科是無法結合的宿命。所以朝乃，你上吧。」

「耶？」

「告訴她你的心意。去告白吧。愛科是個好女人。我覺得如果她跟朝乃在一起會是絕配！」

這傢伙，怎麼擅自決定別人的事啊。

「拜託，十八，我可從來沒對愛科同學想過這方面的事。」

「什麼？對你來說，愛科可是你難得直呼名字的女性不是嗎？意思就是，你喜歡她遠超過其他異性吧？」

「那是因為……一年級的時候愛科同學說『當朋友還叫黑瀨太見外了，我不喜歡這樣，希望你直接叫我名字』，所以我才這麼稱呼她。」

老實說我現在還是覺得叫「愛科同學」很不好意思，不過變親近以後又回頭叫「黑瀨同學」

她便會露出莫名遺憾的表情，所以我只好忍著害臊這麼稱呼了。

「這不是大好機會嗎？這是愛科比起其他男人和你更親密的證據啊。」

「不不不，就說我根本沒考慮過那個啊，況且愛科同學也不是什麼男人對她告白都ＯＫ吧。她既漂亮，頭腦又好。」

「為什麼你們這些人都這麼龜毛啊。不過我可以體會你的心情。愛科的確沒什麼破綻。要跟她交朋友很容易，不過想追她就非常難了，一想到這個也不能怪你就是。」

「嗯嗯……」

十八的話聽起來亂七八糟，但老實說都是正確的分析。偶爾那傢伙也會莫名地有說服力。但也可能只是我被他的氣勢壓過去罷了。

「總之，想來就可惜啊。那麼好的女人竟然單身。」

關於這點雖說我也有同感，不過呢……

「你自己才更可惜吧。竟然退學了。」

「會嗎？我一點也不覺得可惜。我都決定要當ＤＪ了，還上學幹嘛——」

「我知道對你說也沒用，所以平常都不提，不過你退學真的很可惜，愛科同學也這麼認為。」

「呼嗯——我可不懂你們的想法。不過總之你們是在擔心我吧。朝乃跟愛科果然都是好人。哈哈哈！」

儘管十八笑得很開心，但我們這些朋友心底還是覺得很可惜。

「不好意思，來兩杯琴酒！」

「……喔，好的！」

我慌忙幫客人倒兩杯琴酒，同時偷偷抬起視線瞥了一眼，店裡已漸漸坐滿了客人。

「又到了忙碌的時間嗎……不過今天是非假日，應該不會太忙。明天你還得照顧那個未來吧？今天她這麼引人注目，我猜朝乃你也很無奈。在這就讓自己放鬆點，知道嗎？」

結果今晚真的不算太忙，工作情況始終很良好。這兩天發生了那麼多事，老實說我的腦袋需要整理一下，活動活動身體也能稍微轉移注意力。

明天的事，等明天再思考吧。

◆　◆　◆

[06/21 Thur 11:30]

流經我租的公寓附近那條河川，水位基本上都很低。至於究竟有多低呢，天氣好的時候幾乎有一半河底都是裸露的。

架在河川上的小橋正中央附近，有一名手扶欄杆俯瞰河面的少女——

「啊！朝乃先生！」

似乎是察覺到我了，未來小跑步朝我這裡接近。

「你好！」

昨天分別那一瞬間見到的表情已完全消失了，如今是開朗的笑容。

「午安。那，我們去吃午飯吧。」

「嗯！今天要吃什麼？」

只不過是去吃午飯而已，她就用這麼期待的目光看我，就某種意義來說這也算壓力。

不過，這種壓力並不讓人討厭。或者該說，讓人心情頗為舒坦。

「今天不去學校餐廳，去車站附近吃吧。只要到那邊應該什麼都有。」

「車站，下落合？或是高田馬場？」

原來如此，連地理資訊也輸進去了。的確，從這裡去西武線的下落合站或高田馬場站，時間都差不多。

「去高田馬場吧。馬場那邊有許多餐廳。」

我與未來並肩向車站走去。進入連結寧靜住宅區與車站的商店街後，行人便突然增加了。這附近有不少大學，看起來像學生的人比例很高。當然我也包括在內。

不過即便如此——未來在街上還是很顯眼。與路人擦身而過時，她被回頭看的次數也很多。我自己一個人走的時候幾乎都感覺不到有這種視線。

幸好至少沒人會特地停下來看她，也不會像昨天在教室一樣築起人牆。關於這點，比在學校裡輕鬆多了。

「這附近應該有賣義大利麵的才對……啊，找到了。」

平常我來這裡都是吃拉麵、咖哩或牛丼，所以對義大利餐廳的位置不是很熟。不過既然要帶女孩子去，當然還是義大利餐廳為宜。我腦袋也只能浮現這個主意……冷靜想想這好像還滿悲慘的。我明明是大學生耶。

不過站在我旁邊的未來卻完全不在意我內心的想法，雙眼閃閃發光。

「好想早點品嚐。走吧，朝乃先生！」

未來拉著我的衣襬，我們走進了店內。

昨天幾小時在一起的時光內，未來愈來愈能自然地應對進退，而如今又可以看出，她的積極性增加了。

像是要證明我的推測一樣，未來一坐定便打開菜單。果然她已經會主動接觸眼前所見的事物了。

「朝乃先生，想吃什麼？」

翻閱了一下菜單後，未來抬起臉問我。

「這個嘛……我要奶油培根義大利麵。未來呢？」

「那我也要一樣的，奶油培根義大利麵。」

她立刻點了相同的東西，不知為何我總覺得有點開心。於是我們叫了一・五人份的奶油培根義大利麵。

仔細想想，她從誕生以後唯一吃過的東西就只有三明治。即便積極性提升了，要在五顏六色的義大利麵或披薩中自己挑選依舊很困難吧。因此，她就點了跟我一樣的。這是理性思考的結果。

但，我還是莫名地開心。

「朝乃先生，昨晚的『打工』怎麼樣？告訴我。」
未來邊把剛出爐的奶油培根義大利麵送進嘴裡邊對我說。
「怎麼樣嗎……有點不好解釋，粗略地說，我的打工地點是一直在放音樂的店，那裡聚集了許多喜歡音樂的顧客。然後，給顧客他們要的酒就是我的工作。」
「『酒』是只有廿歲以上的人才能喝的飲料嗎？」
「是啊是啊。」
「『音樂』是指音的長短、高低、強弱、音色等等……」
「先等一下。」
「？」
未來剛才對「音樂」的解釋就像是從內建辭典裡找出來的內容。

不過，事實並非那樣。

雖然我不像十八那樣獻身給音樂，但至少我還能糾正一下未來。

「『音樂』用語言是無法巧妙說明的。」

「那，要怎麼才能理解『音樂』呢……？」

未來露出不安的表情。我則仰望店裡的天花板回答道。

「這間餐廳也一直在放『音樂』。那個擴音器裡跑出來的『聲音』，就是音樂了。」

聽了我的話，未來閉上眼仔細傾聽店內的背景音樂。

「還有，從我們約定碰面的小橋到這裡的途中，應該有經過很多商店吧？」

「嗯。」

未來睜開眼，點點頭。

「很多店的聲音都傳到了街上，那些全都是『音樂』。」

「是這樣嗎？那些全都是『音樂』……現在聽到的這個也是……『音樂』。」

「沒錯。『音樂』並沒有什麼理解不理解，而是要用聽的去感受。所以，多聽音樂妳就會懂了。」

未來再度閉上眼，聽起店內的背景音樂。我也暫時邊聽音樂邊注視著未來。

「那，差不多該去學校了吧。」

我出聲後，未來馬上抬眼露出笑容。

離開餐廳前往學校的途中，果然還是有很多商店的音樂傳到了街上。未來邊走邊側耳傾聽，同時還輕輕點頭。似乎非常享受的表情。

走了一段路後我們進入住宅區，周圍又安靜下來。

「音樂消失了嗎？」

她好像很遺憾地說。

「放心。在這裡儘管聽不到，但音樂絕對不會消失的。不同的時間或地點，都能聽到音樂唷。」

「是嗎！太好了！」

她再度恢復放鬆的笑容。而看了她的笑容我也鬆了口氣。

◆ ◆ ◆

[06/21 Thur 16:45]

下午的課結束了。今天所上的兩堂課中，我們還是跟昨天一樣受人矚目，下課的同時，未來又被我在學校裡認識的人團團圍住。不過跟昨天有一點很大的差別，那就是聚集過來的人不用靠我全部負責說明，未來自己也能回答一半左右。

「妳叫什麼名字呀?」
「初音未來。」
「跟篠里是什麼關係啊?」
「表兄妹。」
「妳身材真苗條!好瘦喔!」
「我食量很小。」
大致就像這樣,可以進行普通的應對。
「好厲害啊未來,妳跟昨天判若兩人,日語變得很溜了耶。」
有幾個昨天上了同一門課的人這麼說道。
「是啊……她可是跳級的天才,搞不好她日語原本就比我猜想的還好。昨天只是太緊張了,所以才很少開口吧?」
我勉強找了些藉口。
「嗯,昨天第一天上課,老實說是有點緊張。」
未來也迅速配合我的說明,這真是太好了。
未來正快速學習「對話」的技巧。托這點的福,今天的課比起昨天更輕鬆自在,至少可說平安無事地度過了。

接著我們又跟昨天一樣，來到一樓的入口面對面站著。

「那，我差不多該去研究室了，明天見。」

「嗯！明天見！」

未來這次就沒有鬧彆扭，而是笑著揮揮手。

那，昨天的那個表情是怎麼回事？

「朝乃先生，怎麼了嗎？」

「不，沒什麼啦……」

大概是我露出了狐疑的表情，讓未來感到很不可思議吧。不過我們彼此都對對方抱有疑問。我也很好奇未來的變化。

「未來，昨天分開的時候，妳是不是露出好像有點遺憾的表情？」

「遺憾……？」

她沉默了一會兒。或許是在思考這個詞彙的意思。

「嗯。昨天很遺憾。不過，今天沒事了！」

未來若無其事地回答道。

「呃、呃——為什麼？」

「昨天我還不確定今天能不能見面。不過，今天已經可以見面了。所以，我想明天依然能見面。」

「……」

是嗎？對未來而言昨天是人生的第一天，或許還無法確實掌握明天、後天是否能重複類似日常生活的感覺。而現在她已經理解明天的內容會跟今天類似，所以便能放心地跟我道別了吧。

也就是說，未來僅在一天之內，便從「傍晚遊戲時間結束的小孩」成長為「能預想到明天之後行程的大人」了。

「是啊。明天當然還可以見面。就同樣約在那座橋吧。」

「嗯！不要睡過頭唷！」

已經學會使用「睡過頭」這個詞的未來，笑著朝我揮手離去。

玄關依然有車來接她，未來坐進車內，又隔著窗子對我揮手。我也朝她揮手致意。

即使車子從視野內消失，我依然在原地呆愣地站了一會兒。

真是尖端的人工智慧啊……不管是適應的速度、簡直像有情緒一樣的舉動。能在現實世界製造出這種東西的技術，究竟是什麼？

這項實驗，搞不好對我而言會變得相當危險。

◆　◆　◆

[06/22 Fri 11:30]

我跟未來在昨天那座橋上會合。

「朝乃先生！午安！」

今天依舊是未來比我先到，她以笑容迎接我。不知道為什麼，我覺得安心多了。

「朝乃先生，今天沒有睡過頭呢。」

「哈哈，我從小就很少睡過頭啊。」

這好像沒什麼好炫耀的，不過我早上一向精神很好。即便熬夜一下也能準時起床。同樣在酒吧打工的十八就不同了，就算我們上同時段的班，他也要睡到中午以後才會醒來。

「今天，要去吃什麼？」

「嗯——這個嘛。」

慘了，我腦袋空空。不過就算帶著女孩子，也不能連續兩天都去吃義大利麵吧。那麼一來現場測試的功用就降低了，連兩天帶女生去同一間店感覺也會留下不好的印象。所以，吃拉麵好嗎……不，還太早了。我也不知道為什麼，但總覺得時機還不到，牛丼時機也不成熟。至於咖哩……純正印度咖哩的餐廳應該不錯。不過普通的咖哩餐廳就不行，我是這麼覺得。

這可傷腦筋了，不過不下定決心又不行。

「吃朝乃先生喜歡的就可以了。」

大概是察覺到我的遲疑吧，未來幫了我一個忙。

「……那，就去吃拉麵。」

「拉麵！我想吃！」

既然未來說「去吃我喜歡的東西」，所以我就選了一開始打消主意的拉麵。儘管我還是很懷疑這個選擇，但未來的興致好像比昨天還高昂。能有這種反應老實說我也很高興。

托了決定要去吃蔥拉麵的福，我的腳步也變得輕快起來。未來則在旁邊輕盈地踏著步子。結果就在這時，突然有水滴沾濕了我臉頰。

「嗯？下雨了？」

耀眼的太陽還高掛天空，但彷彿噴霧器噴出的細小水滴，卻灑向了我們身上。這是狐狸娶親——所謂的太陽雨啊。

「未來，被淋濕就不好了，快到這來……」

我走入商店街的某間舊書店，向未來招手。

「不用！感覺很舒服！」

未來輕快地在發光的雨粒中轉圈，簡直就像跳舞一樣轉了幾次身。瞬間，一道小小的彩虹掛在未來的上半身。

那就猶如——電影裡的一幕。我完全看傻了眼。

「這就是下雨？閃閃發亮的，棒極了！感覺很好！」

她攤開雙手，挺胸仰望天空。不過太陽雨一下就停了，未來露出有點遺憾的表情。

「……不繼續下了嗎？朝乃先生，雨不下了嗎？」

就像想要買玩具的孩子一樣，未來天真無邪地對我問。

「啊哈哈，只有天氣是人類力量無法改變的。好，我們去吃飯吧。」

雖然我回答得很現實，不過說真的我很希望能用魔法還是什麼的，來實現她的願望。

◆　◆　◆

[06/22 Fri 16:45]

現場測試已進入第三天，想不習慣也難。不只我習慣，就連未來也很習慣了。要說有什麼值得感激的事，那便是我選的課堂中，已經認識的人都見過一輪了，他們也逐漸習慣未來的存在。

因此，下課時間我們身邊再也不會築起人牆。

下課後，我們來到走廊上，愛科也剛好從隔壁教室走出來。

「喔，未來！妳好嗎？」

「很好！」

「妳還是這麼瘦啊。有好好吃飯嗎？」

愛科簡直就像愛擔心的親戚大嬸。

「今天在來學校前，跟朝乃先生一起吃過了。」

「喔呵……沒有去學校餐廳，反而去外面吃了再來啊。話說回來，未來。」

愛科咧嘴露出意味深長的笑容，然後繼續說道：

「朝乃有沒有對妳做什麼奇怪的事？」

「怎、怎麼可能嘛！」

「這種事我可不敢保證喔。畢竟未來這麼可愛，只要是健康的男生都有可能獸性大發吧。不過那是犯法的就是了。至於我的任務，則是在魔掌下守護未來。」

「不不不，沒那回事。妳別亂想了。」

愛科不時會說這些天外飛來的話。

「呃——奇怪的事，是指什麼？」

「喔喔，那是玩笑話，開玩笑的。妳不必在意。對了，未來，你們午飯吃了什麼？好吃嗎？」

「吃了蔥拉麵。」

未來微笑著回答。

「蔥拉麵，啊……是朝乃把他的喜好強加給妳吧？」

「沒那回事！蔥拉麵很美味！」

「好吧。什麼都好，反正未來妳要多吃一點！那麼朝乃，我先去研究室囉。」

愛科離去了，我為了送未來而跟她一起下到一樓。

「那個，關於剛才的事……」

「嗯？」

我在正面的玄關口對未來問道。

「妳真的覺得蔥拉麵很美味嗎？」

「很美味！」

「可是，未來應該吃不出食物的味道吧……」

「是吃不出來，不過。」

停頓了一下，未來才滿臉笑容地接了下去。

「既然朝乃先生說『美味』，蔥拉麵就一定很美味！」

之後就跟昨天一樣與未來道別，然後我前往研究室。

「你今天一直笑得合不攏嘴哩。究竟發生了什麼好事啊？」

在採集資料的作業中，愛科唐突地問我。

「耶？不……沒什麼啊。」

「八成是未來對你說了什麼很惹人憐愛的話吧？所以你才這麼開心？」

「唔……」

一瞬間就被看穿了。

「真沒心機。朝乃同學你也太容易被識破了吧……呼呼呼。」

愛科得意地笑著。這種「被整的感覺」讓我很不甘心。不過我也有自覺。

「既然朝乃先生說『美味』，蔥拉麵就一定很好吃！」

如果有被未來這樣說了還不開心的傢伙，我真想見識一下。

◆　◆　◆

[06/23 Sat 13:30]

我們大學星期六沒有課。不過研究室依然運作，所以我跟愛科，以及四年級的町村就算在星期六下午也會來研究室報到。雖說研究室的出席頻率也不大平均就是了，有時趕著學術會議要發表，會從星期五的晚上就住進來，不，碰上真正很趕的時候，搞不好每晚都得住在裡頭。

今天我也是在正午跟未來吃過午飯後，便來到研究室。因為沒有課，就不能帶她來學校。吃完飯後我們返回約定碰面的橋上，在那裡道別。每次來接她的車子好好地停在橋的附近。

「好，看右邊，右邊。」

「呃——像這樣嗎？」

「OK，接著是上面。臉不要動，只要眼珠往上就好了。」

我的眼前設置了鏡頭，在捕捉我的眼球動作。

「這比『手』還要累啊……」

昨天「手」的資料終於採集結束了，今天則開始收集「眼睛」的數據。

這間研究室之所以要拉上遮光窗簾，就是因為收集「眼睛」的資料時，環境光有變化會造成影響。至於不開窗的理由，也是為了讓氣溫、濕度、空氣的流動保持固定。不這樣的話，人工「皮膚」——也就是人工觸覺器官的實驗就無法進行。為此其實出入口也設置了雙重的門。

我們就在這麼設施完善的房間裡進行研究。聽學長跟助教說，去年也發表了一定的研究成果，獲得頗高的評價。然而，跟與這裡只有一牆之隔的教授室所邂逅的那名少女——不，應該說看起來像少女的人造人，水準實在差太多了。

「好，接下來是右下方喔，朝乃。」

「呃——像這樣嗎？」

但即便如此，我也不能馬虎看待進行到現在的研究。那種態度會給研究室的其他成員帶來麻煩。該做的工作還是要好好做才行。

在我安撫過自己之後，背後傳來了說話聲。

「篠里同學，可以來一下嗎？」

我坐在椅子上回過頭，只見森巢教授站在那。

「有點事想跟你談談。」

「請等一下，森巢老師！」

這時町村卻插了進來。

「一次就算了，竟然還有第二次，跟這種菜鳥究竟有什麼好談的！如果是關於研究的重要任務，我町村應該比較有搞頭吧！」

不知為何町村用了類似軍隊裡的口吻……

「町村學長，你為什麼要用軍人的口氣啊？」

愛科把我內心的吐槽直接說出口。

不過町村卻當作耳邊風，無視愛科，死命盯著教授。

「町村同學，你是不是搞錯了？」

「咦？」

「我女兒最近迷上聽音樂。就是那種酒吧音樂。我聽說篠里同學在酒吧打工，所以請他幫忙推薦曲子。是這樣沒錯吧，篠里同學？」

「是、是啊。」

所謂只能點頭稱是就是指這種場合吧。

「我回到家裡，理所當然也是為人父親。我希望能跟女兒有共通的話題啊。」

「哈、哈啊……原來是這樣啊。」

「就是這樣。我要暫時借一下篠里同學了。」

我從座位上站起來，這時在我的背後──

「哼，朝乃同學一定要由我來指導才行！」

「呼呼呼……果然是這樣沒錯。」

町村似乎很遺憾的埋怨與愛科那忍俊不住的笑聲讓我很在意，不過我只能裝作沒聽見了。

我久違了幾天後再度坐上教授室的沙發。今天這裡並沒有未來。

「真抱歉啊。謝謝你剛才配合我。」

「哪裡……對了老師，今天有什麼事？」

光是面對面我就感覺到教授發出的壓迫感。他可是製造未來的人……一想到此，教授的威嚴就更驚人了。教授明明只是平淡地說著話，我卻自顧自地畏縮起來。

「你到目前為止做得很好。感謝你的協助。」

「啊……」

只是一起吃飯、一起聽課而已，這值得感謝嗎？

「今後我想再增加狀況，也就是考慮擴大現場測試的範圍。希望你能帶她去學校與吃午飯之外的各種地方。例如，你打工的店。」

「耶!?」

這要求太強人所難了。酒吧可是有年齡限制的。

「不行嗎？」

「是的。未滿廿歲的人禁止入場。以她的外表鐵定在門口就會被攔住。」

「原來如此，那麼其他地方也可以。如遊樂園、公園、動物園、美術館等。明天剛好是星期天，你也方便出門吧？當然，打工費會按假日出勤計算。」

「不，那個……」

這進展也太快了吧。

「啊，對了，我想前幾天大概也說明過，不過為防萬一，我還得再重申一遍。每週一未來要做全身保養，不能外出，也就是現場測試暫停。以後，從週二到週日，都希望你能像本週一樣提供協助。」

「……是、是的。」

我覺得自己又被震懾了。不管我怎麼反應，教授都是二話不說就交到我身上。感覺就是很難拒絕。或許森巢教授就是因為調查過我這種性格，才會選擇我參加測試吧。只不過——

——老實說，我也很想帶未來去各種地方玩，讓她見識各種事物。

◆　◆　◆

[06/24 Sun 13:15]

「朝乃，下一首歌快開始了，換你唱吧！」

愛科大聲說著。一旁的十八也站起身使勁鼓譟。

「啊哈哈哈，我就算了吧。」

雖然我喜歡聽音樂，但可惜不太會唱歌。

「你在胡說什麼啊，朝乃！不是你約大家『一起去唱卡拉ＯＫ吧』的嗎！……喔喔，間奏結束了。♪嗚喔喔喔喔啊啊喔啊——！把站三七步的傢伙們！一個都不剩！全沉到海底去吧！In the concrete！♪」

十八猛烈高唱著嚇人的歌詞，他是那種喜歡聽也喜歡唱的類型。

「未來是第一次來卡拉ＯＫ嗎？」

「是的！」

事情是發生於大約一小時前。今天發生的事也是從那展開的。

◆　◆　◆

[06/24 Sun 12:10]

今天是星期天。十二點我走向橋，未來跟平常一樣俯看河面等著我。

不過，真傷腦筋啊。雖然教授說不管帶她去哪裡都可以，但我又沒有跟女生單獨出遊的經驗。也就是說我腦中完全沒有計畫。但即便如此，也不能一直站在橋上發呆吧。無奈之下我只好朝高田馬場車站的方向走。希望能在半途中想出目的地。

來到商店街時，未來又在傾聽各店裡流出的音樂，並配合節奏點頭。

「未來，妳好像很喜歡音樂呢。」

看了她讓人會心一笑的模樣，我這麼出聲道。

「嗯！我很喜歡！」

未來立刻笑著回答。

如果能把她帶到打工的店去，她一定會很開心吧。就像森巢教授所言的那樣。

……不，慢著。這麼說來，未來表現出對音樂的興趣是在前天。而教授昨天也對我說「可以把她帶去你打工的地方嗎」，仔細想想，這也太巧了吧。

雖然教授只是表示「要像對待人類一樣對待她，希望她能獲得各種經驗」，不過冷靜想想，這應該代表在現場測試的過程中，有用某種方法來留下紀錄吧。教授等人可以確認那些資料。因此他才會希望我帶未來去酒吧。

也就是說，不論我對未來說什麼，或是怎麼跟她接觸，都會被記錄下來……？

——恐怕是這樣沒錯。昨天教授還對我說「目前為止你做得很好」。這也意味著，他根本就知道我是怎麼做的吧。感覺不是很舒服，不過既然是「現場測試的打工」，那我也沒辦法了。

「對了朝乃先生，今天要去哪裡？學校應該放假吧？」

未來凝視著我思索的表情，以充滿期待的笑容問。

「是啊。今天不必去學校……對了，我想到一個好地方。」

回過神的我自口袋取出手機，撥了通電話給十八。

◆　◆　◆

[06/24 Sun 13:25]

我與未來在昏暗的卡拉ＯＫ包廂裡，對面則坐著十八與愛科。如今愛科正從椅子上稍微探出上半身，對著螢幕唱著六、七年前流行的偶像歌曲。

「喂，快看啊，朝乃！今天愛科穿裙子！是迷你裙！這可真稀奇——！」

十八就算不唱歌的時候也很吵。

「我每次去的投幣洗衣店烘乾機全都壞了！只是剛好褲子的存量被我用完罷了！況且我偶爾也是會穿裙子啊！」

愛科在間奏時站起身回喊道。

「喔喔喔喔喔！美腿耶！好漂亮的曲線！」

十八模仿攝影師取景的動作，以兩手的拇指跟食指組成長方形，用各種角度追拍愛科的腿。

很難得看見十八對音樂以外的事物這麼熱情。不過，愛科的腿確實很有魅力……等等，我還是不要再想下去了。

「看一看又不會少塊肉，就讓你儘管看吧，不過你可不准靠過來啊！被呼吸噴到感覺怪噁心的！剩下就不用我說了吧，被碰到會讓我感覺更不悅！」

間奏結束後，愛科保持著站姿繼續唱歌。

「喔喔是嗎！可以盡情看也夠了！那我可要用最低的視角用力欣賞！」

十八試圖蹲入桌子下方，結果頭頂卻被愛科二話不說地踹開了。

「朝乃先生，愛科小姐跟十八先生，在做什麼？」

坐在旁邊的未來問。

「呃，這個嘛……他們在做什麼呢？其實我也不是很清楚。哈哈哈……」

這很難解釋吧。況且他們那些「看一看又不會少塊肉」或「用最低的視角用力欣賞」這些對話也太詭異了。

歌曲進入最後的收尾部分，愛科放下麥克風，轉向未來說道。

「未來不會唱日本歌吧？幸好這裡也有很多英國歌，如果有妳會唱的，真希望妳表演一下。」

「喔喔對了！我喜歡※石玫瑰！」（譯註：英國搖滾樂團。）

「那太老了吧十八。」

「那※808 State呢？這個很新吧！」（譯註：英國電子樂團。）

「呃，卡拉OK不會收他們的歌吧。」

不過話說回來，為何十八沒先提起※皇后樂團或※傑米羅奎爾。（譯註：兩者皆為英國知名樂團。）

「對不起，我在英國時不怎麼聽音樂。」

未來有點抱歉地表示。

「因為她是跳級進大學的，所以沒什麼時間好好聽音樂吧？」

「原來如此。那未來，之後就來卡拉OK學唱日本歌吧！我在未來妳這個年紀，也覺得在他人面前唱歌很不好意思，不過只要挑戰過一次，就會覺得感覺棒極了！」

「很好！接下來讓我推薦曲子吧，就先從這首開始練習！」

順利蒙混過去了……

未來不可能有會唱的歌曲。「音樂」也是她前天才首度認知的詞彙。關於這點我在打電話找十八出來後，已臨時想好了「劇本」，並且跟未來演練過了。

「未來，這是只屬於我們兩人的祕密。不要對十八或愛科同學說喔。」

「祕密……嗯，明白了！」

雖然她回答得很好，但實際上能否順利混過我還是感到很不安。結果未來的語氣跟表情都相當純熟。大概是測試第一天起就不斷學習「說謊」之故吧，不過我也是出於無奈。

「好──既然朝乃不唱，就讓我來用力唱一首！」

十八邊說邊迅速操縱遙控器，隨後猛然站起身。激烈的前奏響起。未來也配合音樂的節奏擺動腳跟。剛才愛科唱歌的時候，她也是閉眼緩緩左右搖晃著肩膀。

「未來，開心嗎？」

「嗯！不只是聽，唱歌也是音樂呢！」

未來並沒有停下隨著音樂擺動的腳，望著我說。

由於不能帶她去酒吧，只好帶她來卡拉ＯＫ，結果這似乎是個好點子。

「是啊。可以唱，還可以用樂器演奏，有各種各樣的方式。」

托十八鬼吼鬼叫的福，我跟未來的交談聲愛科根本聽不到，所以才會有剛才那些對話。愛科微笑地看著我們，她大概覺得我們的感情很好吧。

十八的熱唱結束後，又輪到愛科唱了起來，那是最近的流行女團歌曲。老實說，愛科的歌喉並不算出色。但她的聲音很有力。不像十八那種大吼大叫，卻依舊洋溢著生命力……這麼說或許有點誇大吧，不過她的歌聲聽了確實能給人帶來活力。

「——不管什麼事　保守都不好

東張西望的話　機會就要逃走了——」

歌曲進入第二段後我望向未來。她彷彿完全沉迷進音樂中，閉起眼輕輕晃動身子。

不——不光只是那樣而已？

「……♪……♪」

她正在跟著哼。

坐在旁邊的我，勉強能聽見她的聲音。

音準跟旋律都對了。

感覺好像非常幸福似地——未來哼唱著。

◆　◆　◆

[06/25 Mon 18:40]

今天我一個人來學校，一個人吃午飯，一個人去上課。

研究室的實習剛才結束了，如今我正在餐廳填飽肚子，待會準備去打工。

「這麼說來，今天未來沒出現呢。」愛科說。

「嗯。因為她星期一沒有課。」

「是這樣嗎？我還以為未來完全是照著朝乃的課選課耶。」

「舅舅拜託我『要好好照顧她』，所以選課大致上是一樣沒錯，不過星期一她家裡好像有事，詳情我也不大清楚，下次再問吧。」

我暗自將「森巢教授」替換成「舅舅」，這麼一來就不完全算謊言了。至於所謂「家裡有事」，其實就是指全身保養。每天的充電、邏輯測試、各人工器官的健康檢查雖然能在短時間內完成，但要清空人工胃，以及完全更換掉作為人工肌肉能源的高分子液體，則需要花上一整天的時間……好像是這樣吧。雖然未來的舉動跟人類極其相似，但她畢竟是人造人。

我不能去保養的現場見她。每天的充電與檢查也是。甚至平常來接她的黑色汽車開去哪裡我也不知道。我沒有必要知道——這是我得到的答案。

這麼說來，昨晚卡拉OK結束後，我們兩人一起回到那個橋上，未來搭乘來接她的車輛時，看起來好像有點寂寞。

「明天雖然無法見面，但後天還是能見面的。」

未來以祈禱般的表情這麼說。或許我也露出了同樣的表情吧。

「不過朝乃啊，我不客氣地說一句，那女孩是跳級進大學，而且轉學考一次就過了吧？腦袋應該要比你好太多了？這麼看，就算沒有你照顧，也應該沒問題才是？」

「唔……的確沒錯。不過她還不習慣在日本的生活。」

再度為了吃飯跑來學校的十八說著。結果我沒辦法反駁他。說起我的成績，雖然每個學分都拿到了，但有七成的科目是B或C。

「今天朝乃同學又在研究室恍惚了。看來是在擔心未來的事吧？」

「啊——不過才一天不見就這樣了嗎？朝乃你還真危險啊。」

「很危險喔，對方才十六歲而已耶，十六歲。」

「那個，希望你們不要隨意地揣測我的內心好嗎……」

這兩個性格相似的傢伙，趁隙對我展開連續不斷的捉弄。基本上還滿有趣的，只是有時候也覺得很煩……

「呼呼呼，開玩笑的，開玩笑。」

「不不不，我覺得不是沒有那種可能啊——」

「不可能不可能。她是我表妹，而且才十六歲。」

我當然要否定他們的臆測，不過仔細回想起來其實連我自己也搞不清楚。

我認為那不是戀愛的情感。不過，的確有被對方吸引的感覺。

我無法放下未來，或許應該這麼說吧。

毫無疑問地我可以感受到未來每天的改變。昨天在卡拉OK包廂裡，未來第一次唱歌了。雖說只是小聲哼唱，但她的確是在唱歌。

未來一直在模仿我們的行為並大量吸收。這之後她會走到哪一步，我感到非常好奇，關於這點我倒是有清楚的自覺。

只是……看到未來對我露出高興的表情或遺憾的表情時，我的心情便會產生莫名的劇烈動搖。

未來是人造人，明明她的反應都是人工智慧演算出來的。而我也明明知道這點，但我卻無法擺脫內心動搖的結果。

「好啦！該去打工了，朝乃！」

在我陷入腦內的世界前，十八遮蔽了我的思考。

沒錯，現在想太多也沒用。就暫時先陪她現場測試，之後的改天再想也不遲。

「你們兩個要好好賺錢喔！」

背後傳來愛科充滿個人風格的激勵，我與十八一起離開餐廳。

◆　◆　◆

[06/26 Tues 10:25]

我在房裡睡覺時，被門鈴聲吵醒了。

是誰這麼一大早……最近我沒有上網買東西，難道是來推銷報紙的？如果是，不理他自己就會離開了吧……總之我很睏。眼皮睜不開。昨天的打工結束得太晚……

就在第二波睡意襲來時，門鈴又響了。這次按了兩下。真是太過分了。如果對方要一直按到有人應門，那我就甭睡了。無奈下，我只好揉著眼走向玄關，解除鎖打開門。

「朝乃先生，早安！」

未來站在門外頭。

「嗯……？咦？怎麼會？」

還睡眼惺忪的我搞不清楚發生了什麼事。

「再不快點準備，會趕不上聽課唷？」

「耶！真的嗎!?」

我回頭看牆上的時鐘，已經快十點半了。
「我在平常約好的地方等，但朝乃先生一直沒出現。我猜你大概是『睡過頭』了，所以就來叫你！」
真丟臉……
看來是昨晚回來太累了，忘了設定鬧鐘。我一直以為自己早上很容易醒來，這回真是失態。
「未來，抱歉！我馬上換衣服，妳等一下。」
「沒關係，我不要緊。你現在去準備，還趕得上第二節課！」
我趕緊關上門，洗臉刷牙，脫掉睡衣換好衣服。
「讓妳久等了……哈啊……哈啊……」
一起床就急忙做準備，我有點喘不過氣。
「那，我們走吧！朝乃先生！」
在未來的笑容催促下，我們步下公寓的樓梯朝學校出發。
「未來，是誰告訴妳我家的地址跟房間號碼啊？」
冷靜下來後，我試著解決心中的疑問。畢竟我可完全沒想到她會突然跑到我家來。
「一開始就知道了。只是到目前為止朝乃先生還沒有睡過頭，所以我就沒有過來。」
一開始就知道……也就是指，在決定由我負責現場測試時，就已經幫她輸入了某種程度的資料嗎？不過不管怎麼說……

「托了妳的福，謝謝未來今天叫我起床。」
真的是得救了，今天的課對出席要求很嚴格。
自己在不知道的情況下被洩漏住址雖然老實說有點不愉快，但既然是給這個女孩的話，我就勉強能容忍。
「對了朝乃先生。」
「嗯？什麼事？」
「我想要朝乃先生房間的鑰匙。」
「啥!?」
並肩走在身邊的未來微微仰望著我，毫無預警地說出這番話。
「呃，那個……為、為什麼？」
「在朝乃先生睡過頭的時候，就可以不需要按門鈴，直接進去叫你起床了。」
「啊、啊哈哈……關於這點嘛，妳的好意我很高興，不過今天我只是偶然忘了設鬧鐘，以後應該不會再睡過頭了。」
「是嗎？之前朝乃先生也說過『自己不會睡過頭』，結果今天卻睡過頭了。為了預防萬一，我覺得還是有房間鑰匙比較好。」
未來露出有點遺憾的表情。為什麼？為什麼要感到遺憾？
現場測試明明已進入第二週，但從這週的一開始，而且還是早上，我就被未來搞得腦袋一片混亂。

此外開口要鑰匙這件事，還真是敗給她了。

我可沒被女生這麼要求過……

照慣例，上完課後我便跟未來道別並前往研究室實習，結果今天又被愛科逮著了，她追問著：「你怎麼又在發愣？又遇到了什麼好事嗎？」

◆　◆　◆

[06/27 Wed 19:15]

今天依然跟未來一起上課，平安目送未來回去後，再去研究室像平常一樣採集資料，結束後的現在則是回家時間。

打工今天休息，加上最近午飯愈來愈常在外面吃，所以就偶爾在家自己煮一次吧。米還有很多，買些肉跟蔬菜來大量製作咖哩，往後幾天晚飯就有著落了。我獨自思索著這些事，並走在夜色下的道路上。這時……

「朝乃先生，晚安！」

未來佇立在我家附近，平常碰面的那座橋上。

「未來？妳不是回去了嗎？」

「回去了一次，然後又來了！」

「為什麼這麼晚了還……」

沒錯。這是我第一次在晚上跟未來見面。真的沒問題嗎？不，未來恐怕是不能擅自跑出來的。也就是說，森巢教授許可她在這個時間外出囉。

我腦中思索著那些問題，而未來直直地注視著我說道：

「因為今天在一起的時間太短了，覺得不太滿足。」

積極的程度比上週更增加了，所以才會現在這個時間跑過來嗎？在我吃驚之餘，同時也有別的情緒湧了出來。

「我知道了，那我們一起去車站前逛逛吧。」

既然未來有這個需求，我就想回應她。這種情感的確存在於我心中。

我們一起走過平日去車站時會經過的商店街。反正我本來就想去車站附近的超市買肉跟蔬菜，就順便帶未來去超市看看吧。我有點期待她會有什麼反應。

「……♪……♪」

突然，我聽到未來在哼歌。同時她抓住我的衣襬，停了腳步。

「怎麼了嗎？」

「我聽到快樂的音樂。」

說完未來指向一間遊樂場。

「吶，朝乃先生！那是什麼？」

她再度以充滿好奇心的孩童般的眼神看著我，並指向遊樂場裡頭。

「啊，那叫音樂遊戲。」

「音樂遊戲？」

「嗯。那台機器會播放音樂，配合音樂按下按鈕便能得到分數。遊戲有很多種類，所以不容易一概而論，反正那個遊戲是得到的分數愈高代表愈厲害。」

「音樂的遊戲……我想玩！」

未來雙眼發亮地說道。既然她喜歡音樂，在得知遊戲內容以後一定會想玩吧。

「看好囉？配合曲子，畫面上會有圓球落下來，像這樣……在圓球跟下面線重疊的時候，按下同樣顏色的按鈕。」

我一邊自己玩，一邊向未來說明。這當中未來一直跟著街機放出的旋律哼唱，身體也隨節拍擺動。

「怎麼樣？懂了嗎？」

「嗯！可以！」

我結束遊戲，將位置讓給未來。

「♪♪……♪♪♪……♪」

未來的雙手輕快地隨著旋律在按鈕間交錯。

「看不出來是第一次玩……真厲害耶，未來。」

「♪♪……♪……」

未來哼唱著機器放出的旋律，完全沉浸在遊戲當中。大概是沒聽見我的聲音吧，或者是入迷到沒辦法有回應。不管理由是哪個，總之我倒也不會覺得不舒服。

畢竟未來是打心底在享受音樂遊戲的樂趣。

玩了一會兒音樂遊戲後，我跟未來離開了遊樂場。

「朝乃先生，還不吃晚飯嗎？要去哪家餐廳吃？」

在走向商店街超市的途中，未來問道。

「今天啊，我不想在外面吃，要在家裡自己做飯。所以要先去超市買材料……」

「所以待會就是去『購物』囉！」

我話還沒說完，未來就迫不及待地做出結論。這女孩是第一次買東西，也是第一次去超市，她的內心一定相當期待吧。

「哇～有好多東西！這些全都是『蔬菜』嗎？」

進到超市後，未來又眼睛發亮地觀察四周。
「是啊。能幫我去拿那邊的洋蔥跟馬鈴薯，放進這個籃子裡嗎？」
「是這個……跟這個對吧？」
「嗯，沒錯沒錯。再來就是紅蘿蔔……」
「紅蘿蔔，紅蘿蔔。是這個紅色的吧？」
未來邊說邊把紅蘿蔔拿在手中，仔細看了一會兒才放進籃子裡。接著她馬上又對旁邊的其餘蔬菜展現出興趣。
「啊！那邊的那個東西，不買嗎？」
她緊盯著某物不放的視線，對準了大量陳列的蔥。
「蔥——上頭是這麼寫的。朝乃先生很喜歡蔥吧！既然如此，那就買吧！」
「哈哈，今天是要做咖哩。咖哩幾乎不放蔥的。不過，搞不好也有人會放就是了。」
「是嗎？」
「還有，我並不是很喜歡蔥本身，而是喜歡加在拉麵裡的蔥。」
「唔……好複雜。」
「是很複雜，畢竟連我自己也搞不太清楚嘛。拉麵裡蔥的魅力，我很難完全向他人解釋。起初是覺得清脆彈牙，泡在湯裡一段時間後蔥就會慢慢變軟，釋放出甜味……儘管跟麵條一樣是細長的形狀，但口感卻剛好相反，形成強烈的對比。果然對拉麵來說，蔥是絕對必要的，只是我自己也講不清楚就是了。」

不知不覺就熱烈地長篇大論了一番……

「呃——總之我明白那是很複雜的事！」

未來似乎勉強可以理解。

「再來要買豬肉。咖哩塊家裡還有，總之這樣就算採購完畢了。」

「嗯，我明白了！」

在櫃台結帳後，我把蔬菜跟肉從籃子裡拿出來，移進袋子裡。

「朝乃先生，購物很有趣呢。超市裡有好多不同的東西。」

「是啊。不過這是要花錢的，也不能看到什麼都買。所以只能挑選真正需要的商品。這說不定也別有樂趣就是了。」

「嗯，嗯。朝乃先生知道好多事，會做好多事，真了不起！」

去超市買東西根本不算了不起吧……然而隨著現場測試的進行，想必未來還會見識許多對她而言新鮮的事物。

「朝乃先生，這之後就要回家做咖哩了嗎？」

「嗯，是啊。」

「我也要，一起做！做完後，一起吃！」

時間已過了晚上八點，真的沒關係嗎？不過，假使有問題，森巢教授應該會主動打手機或傳簡訊，要求「讓未來早點回去」才對，所以我猜應該沒什麼問題。

未來還是跟平常一樣，以充滿期待的眼神看我。在此與其瞻前顧後，還不如讓眼前的未來更開心一點。

「好啊。那，我們一起回家吧。」

我還想讓她見識更多事物，體驗更多事物。

像這樣與她共處，我的這種想法就比平常更為強烈。

◆　◆　◆

[06/27 Wed 20:20]

我住的房間是套房，且位於屋齡恐怕有十五年左右的學生出租公寓。儘管還不到破爛的地步，但老實說一點也不時髦。有錢人應該是不會來住這種房子的吧。意思也就是，闖空門的小偷看不上這裡。

但話說回來。

在這種樸素的公寓，而且還是我的房間門口，如今正蹲著一個穿水手服的嬌小人影。那人影將耳朵貼在門板上，專心一意將鐵絲插入鑰匙孔轉動著。

「請問……妳在做什麼？」

「啊，哥。」

聽到我的聲音，嬌小的人影直接以蹲姿轉向這裡。

「夜子是想實踐以鐵絲開鎖入侵哥房間的高級技術啦。」

對方倏然站起身，夜子——在埼玉老家跟我父母一起住的妹妹——有點害臊地說道。

「這種嘗試是很有趣，不過要是剛才有人撞見妳那樣子而跑去報警的話，警察可是會飛奔過來的。爸爸媽媽知道會哭的喔？」

「或許是這樣吧，不過夜子想讓哥嚇一大跳呀。」

夜子邊說邊吐吐舌頭，自口袋裡取出鑰匙，解除門鎖，走進我的房間，打開電燈開關。

「……喂！既然妳有備用鑰匙就直接開門進去啊！」

「嗯——可是那樣就不有趣了嘛，況且夜子想用鐵絲開鎖成功後得到哥的誇獎嘛，例如『夜子，妳的手真巧』之類的。」

我只能露出苦笑。

夜子跟我很親密，從小時候就經常做一些事逗我開心。不過她也有點走火入魔就是了，偶爾會像今天一樣想出莫名其妙的搞笑點子。個性如此的夜子，如今正目不轉睛地盯著站在我身旁的未來。

「事情……不好了。」

「朝乃先生，這個人是誰？」

未來也對唐突出現的這號人物湧現疑惑。

「啊——那個，她是我的……」

我話還沒說完夜子就插嘴道：

「篠里朝乃的妹妹，名叫篠里夜子。哥的事就有勞妳照顧了。」

伴隨著恭敬有禮的姿態，還說出「哥的事就有勞妳照顧了」。這簡直是完全把未來誤認為我的女友了……

「所謂的妹妹，就是跟朝乃先生同樣的父母所生，比朝乃先生年紀小的女性，對嗎？」

「……耶？」

未來確認起關於「妹妹」的定義。夜子對此大感困惑。

「她、她對詞彙的定義要求很精準……啊哈哈……」

我的手掌跟背上都滲出冷汗。

「原來如此……看來是很重視言語的人呢。」

「是、是啊。嗯。」

夜子臉上的困惑消失了。真該誇獎我妹的乖巧聽話啊。

「朝乃先生的妹妹夜子小姐，我叫，初音未來，請多指教！」

「好的，未來小姐，夜子也請妳多指教！」

夜子親切地伸出手跟未來握手。

「話說回來，夜子，妳怎麼突然跑來？」

「期末考快到了，夜子想找哥教我功課。然後在這裡住一晚，可以嗎？」

「在這裡住？……喂，妳明天還要上學吧？電車收班前不回家就糟了。」

「明天是校慶休假耶？夜子跟哥讀同一所國中，你忘了嗎？」

「啊……這麼說來好像沒錯。」

「希望哥好好記住。總覺得自從哥來了東京以後，就有點看不起夜子跟老家的鄉下了。果然都市會改變一個人呢。」

「沒那回事，不可能。」

只不過是忘記母校國中的校慶日罷了，也太過度聯想了吧。

其實當我還住在老家的時候，夜子就經常以尋我開心為樂。等到我讀大學自己一個人住以後，她才變得比較收斂一點，不過偶爾還是會這樣開我玩笑。

「明天放假是嗎……這樣的話，這麼晚讓妳一個人回去反而有點危險。」

「哇——！哥，謝謝！」

夜子很開心。她從小就一直是這樣。不管是多麼細微的事，只要我願意答應她的請託，她就會打心底露出這種反應。

這麼說來——未來的反應或者跟夜子有一點像吧。

「那，總之還是得先做好今天的晚飯才行。」
「嗯，讓夜子幫忙吧！」
「我也要幫忙！」
廚房很小，根本不適合做菜。不過畢竟我是偶爾才下廚，所以就覺得還能接受，只是一旦擠進了三個人，就不得不抱怨這裡的狹窄了。
不過，跟別人併肩站在廚房也是我的第一次就是了……
「朝乃先生，洋蔥的皮剝好了！」
「謝謝，就放在那邊吧。」
「夜子來切洋蔥好了。」
夜子很熟練、愉快地切起洋蔥。她從小就幫忙媽媽做家事，因此雖然還是國中生，但已對家事很熟稔了。
「夜子小姐，紅蘿蔔也可以麻煩妳嗎？」
「嗯，包在夜子身上。要是讓哥來切，一定會大小不平均，這樣煮的時候就很難控制火候了。」
「妳還真嚴苛啊……」
「請說『夜子真可靠』。呼呼。」

「嗯……妳說得確實沒錯。」

像這樣在狹窄的廚房熱鬧地進行作業，最後所有食材都下了鍋。

「朝乃先生，還不放咖哩塊嗎？」

「等煮一陣子，蔬菜跟肉都軟了再放。在那之前大家先休息一下吧。」

我打開電腦，啟動音樂播放程式，以隨機播放模式放起音樂。隔著低矮的小茶几，與未來面對面而坐。

「……♪……♪」

未來配合流瀉的曲子，好像感覺很舒服地再度哼了起來。

第一曲結束，換下一曲。當前奏結束時——

「——不開心的表情　怎麼了嗎？

我不想看見　你那種樣子

如果為了小事　感到沮喪的話

還不如想想　我的事吧」

未來開始真正唱了起來——

對喔。這是上禮拜去卡拉ＯＫ時，愛科所唱的那首流行女團歌曲嘛。

未來把當時聽到的歌詞與旋律，全都記住了嗎——

「說什麼無趣　說什麼沒意思　當你心情不好時

不管是有趣的事　開心的事　全都會逃走　我可不能原諒」

她並沒有唱得很大聲。不過，這種感覺究竟是怎麼回事。

簡直像是周圍的空氣在發光一樣……正在聆聽的我也被這些光籠罩著。

「所以

不管什麼事　都不要保守

不論是打扮　還是友情　當然也包括對你

不管什麼事　保守都不好

東張西望的話　機會就要逃走了

請全力以赴吧　這是我們的約定——」

當我聽得出神時，曲子不知不覺結束了，未來又配合下一首歌曲開始哼起來。

「朝乃先生，夜子小姐，怎麼了嗎？」

大概是察覺我驚訝的表情了吧，未來停止哼唱向我問道。我猛然往旁邊看，一旁的夜子也是一臉呆滯的表情。

「呃……未來會唱歌了啊。這是我第一次聽到，有點被嚇到。」

「這哪裡只是『會唱歌』呀！太了不起了，未來小姐！夜子聽得渾身發抖呢！」

「之前聽愛科小姐跟十八先生唱過，所以我也想唱唱看。」

就如過去這一陣子，未來觀察我跟周圍的人並快速學習下來。現場測試就是像這樣進行的。所以，本來這也不是值得大驚小怪就是了。我應該要理解這點才對。

然而……

「未來喜歡唱歌嗎？」

「嗯。聽到音樂就會激動起來……然後，唱出歌曲後……就會覺得我跟音樂合而為一，那種感覺很興奮。總之非常舒服。」

明明剛才才第一次唱歌，未來就以充滿確信的笑容斷言。

「朝乃先生，一開始的曲子，再讓我聽一次。」

我操作滑鼠，返回起初的曲子。結果未來又開始唱了。

她的歌聲帶有溫暖的光——

像這樣的聲音，我以前從來沒聽過。

明明是今天第一次唱歌，卻能發出如此的歌聲——

又一首曲子結束了。

「了不起……太強了，未來小姐，我從來沒聽過這種……」

夜子彷彿囈語般喃喃說著。我則是連囈語都發不出來，只能茫然地沉浸在餘韻中。

這時，未來像是很慎重地一字一句緩緩說道。

「對喔。我以前就很想唱歌。」

之後我們又重複這個過程好幾次，將各種有人聲的曲子各放兩遍。不論是哪一首，只要播過第二次，未來就能完美地記住歌詞與旋律，並且唱出來。就這樣一直唱下去。

「未來小姐，夜子也有推薦的曲子。」
說完夜子便從書包拿出CD。
「等一下，交給我吧。」
未來是第一次看到CD，這件事如果讓夜子知道這件事就麻煩了。況且，我也不知道未來回到家裡有沒有CD播放機可用。因此我抓出CD的音軌，拷貝進SD卡，然後再插入MP3隨身聽，遞到未來手上。
「這個就給未來吧。可以拿來聽音樂。把兩邊的耳機插進耳朵裡試試。」
「嗯。」
「哇！聽到了……！音樂在腦中響著！」
未來有點緊張的樣子。我打開隨身聽的開關。
看到未來滿足的模樣，我也很高興。
「謝謝，朝乃先生，夜子小姐！我會好好珍惜這個！」
「夜子還想聽未來小姐唱歌呢！如果可以的話，請記住這張CD裡的曲子，下次表演一下吧。」
「嗯，我會的！大家一起唱！」
這女孩真的很喜歡音樂啊。
如果可以我希望讓她盡量多聽歌，多唱歌。

此外還希望自己能儘可能——多欣賞她的歌聲。

之後有更多機會就好了。

等我想起鍋裡的咖哩沒關火時，洋蔥已全都融化，馬鈴薯也膨脹得看不出原樣。夜子雖然埋怨我好幾句，不過未來卻很開心地掰開咖哩塊放進鍋裡。

三人一起吃的咖哩味道，以及今晚的事，我永遠不會忘記。

就連晚飯途中，未來的歌聲也不斷在我腦海中迴盪。

不必閉上眼，未來唱歌時的幸福表情也活靈活現浮現於我腦內。

未來的歌聲，未來唱歌的身影——牢牢抓住了我的心。

◆　◆　◆

[06/27 Wed 23:00]

在那之後未來就回「家」了，我稍微教了一下夜子的功課。不過由於不想讓她熬夜，所以也沒用功太久。況且原本夜子的成績就很好，老實說根本沒有找我指導的必要。但即便如此，夜子還是為了這個跑來了。

夜子鑽進被窩，我則拿備用的毛毯來蓋，躺在榻榻米上，這時我聽見她細微的喃喃說話聲。

「終於到了夜子該離開哥的時候了吧。」

由於音量很小，聽起來好像帶著寂寞。

「離開我？為什麼？」

「哥你也交到女朋友了，如果夜子還跟以前一樣的話……」

夜子果然把未來當作我女朋友了。

「未來不是我的女朋友什麼的。況且，就算我交了女朋友，夜子還是可以保持原本的樣子吧？」

我等了一會兒，並沒有聽到回應。看來她已經睡著了。

不過話說回來……真沒想到，夜子會說出什麼離開我的話。

◆　◆　◆

[06/28 Thur 10:15]

「唔……嗯嗯……哥，早安。」

跟很容易就爬起來的我一樣，夜子也迅速解開睡衣釦子，開始換衣服。我轉過身背對她，出聲說道：

「夜子，今天妳不用上學，待會打算做什麼？要回家了嗎？」

「嗯……夜子知道哥要去學校，不過，既然難得來了，想跟哥出去玩……不行嗎？」

她有些遲疑後才這麼拜託道。當我窮於回答時，不知何時已換好衣服的她小跑步到玄關，開始坐下來穿鞋子。

「果然還是不行啊。那，夜子回家了。」

夜子嬌小的背影好像很寂寞，發出一股讓人難以割捨的氣息。

「慢著慢著。今天早上我就自行停課吧。中午要不要一起吃個飯？」

夜子在玄關回過頭，頓時綻放出笑容。

「所謂的自行停課，就是蹺課的意思囉？哥，這樣真的可以嗎？」

「一次還好啦。不過，下午的課不出席就麻煩了。所以很抱歉不能陪妳玩整天，不過至少可以一起吃個午飯。」

「嗯！瞭解！」

夜子再度笑容滿面。我們離開公寓，向平時與未來碰面的橋走去。正如往常一樣，未來在那裡等我。

「朝乃先生，夜子小姐，早安！」

今天多了一個人，不過未來的笑容依舊沒變。我簡單說明一下事情經過，未來則回應「那就三人一起吃午飯吧！」，夜子也同樣一臉開心的模樣。

「哥，你本來是預定跟未來小姐一起去學校的吧。真抱歉當電燈泡了。」

「哈哈哈。妳不必多心。沒關係的。」

我妹愈來愈成熟了呢……不過，升上國中了也該懂得這些了。

「那今天就大方地麻煩哥囉……夜子調查過六本木新城的義大利餐廳了，想去那裡吃。」

語調好像很客氣，結果竟然事先調查過了想去的餐廳。夜子在這種細節真是毫不含糊。不過要問我是否討厭她這樣……總之，不會反感就是了。

◆　◆　◆

[06/28 Thur 12:20]

「披薩真好吃！熱熱的多利亞焗飯真美味！哥，謝謝你的招待♪」

結果變成一頓殘害錢包的午飯了，不過既然未來跟夜子感覺都很開心，那也算值回票價。

「不過夜子妳又變可愛了啊——！我都想預約五年後跟妳約會了！」

「呼呼。等我五年後再考慮看看吧。」

身為她哥，如果是要夜子跟十八約會，不論是五年後或五百年都不希望成真，不過她這種回答也算是毫無破綻了。果然，夜子愈來愈像大人了。

「不過夜子也還真成熟穩重啊。完全看不出是朝乃的妹妹。呵呵呵……」

我打了電話給今天上午沒有課的愛科，以及剛好不用去便利商店打工的十八，兩人很快就答應出來，最後變成五人一起吃午飯。

我大一的時候夜子也偶爾會來這裡，像這樣跟我以及朋友們一起在東京玩。所以十八跟愛科都還記得夜子。

「哥，之後夜子自己回去就行了。你在學校加油吧。」

「嗯——還不到需要加油的程度就是了，不過既然妳難得幫我打氣，我就努力一點吧。那，待會兒還是送妳去車站吧。」

我這麼說完，夜子伸出手抓住我的手。

「嗯？怎麼突然這樣？」

「跟哥握過手，夜子的運氣就會變好。因為明天有考試，算是一種幸運符吧。」

夜子再度緊抓住我的手。這點也跟以前一樣沒變。她小時候就經常擅自跟在我後頭一起出去玩，並且像這樣握著我的手。

僅僅牽手走了幾公尺後，夜子就一下子放開了。

「嗯。夜子這樣就滿足了。哥，對不起，在你女朋友面前握你的手……」

十八露出驚嚇的反應。

「嗯？妳剛才說女朋友……」

「啊哇哇哇！」

「怎麼了，朝乃？」

愛科訝異地看著我。這下可糟了。

「都是因為朝乃你突然大聲叫，路人都看向這邊了啦。」

我慌忙牽起夜子的手，把她拉開未來、十八跟愛科旁邊。

「夜子，哥跟未來不是那種關係。拜託妳不要散布謠言。」

「耶——？可是不管怎麼看你們都是在交往……」

「噓——！不是那樣！妳搞錯了！我給妳磕頭也可以，拜託別再提那個了！」

「那你們是什麼關係？」

「……表兄妹。總之妳就當作是這樣吧。還有千萬不要跟爸爸或媽媽說。」

「是嗎……瞭解。夜子會替你保密。」

「只要妳幫我保密，我就請妳吃壽司！不管是銀座或築地的店都可以，總之請妳幫我這個忙！」

這次換成夜子拉我的手，回到了三人旁邊。

「偷偷摸摸的，你們在說什麼？」

「話說回來，剛才妳說未來是朝乃的……什麼？」

「未來小姐是哥的表妹，所以也是夜子的表姊，我們是在說希望下次她也能回埼玉的老家玩。」

「嗯！我也想去夜子小姐的家！」

「什麼啊，是在說這個。」

「那麼我也可以跟愛科順便去嗎？反正暑假快到了吧？」

「不、不好吧——我老家也沒什麼好玩的喔？只不過是什麼都沒有的鄉下罷了。哈哈哈……」

……眼前的危機似乎暫時解除了。真是的，這樣對心臟不太好啊。

「那麼，哥，夜子下次會再來。」

「夜子小姐，再見。」

「希望妳下次來之前先打通電話囉。」

在車站月台目送夜子離去後，我們搭地鐵返回高田馬場。儘管夜子突然的來訪嚇了我一跳，不過道別時我依然感到寂寞。畢竟夜子是我的親人啊。

「夜子小姐好可愛呢。」

第三堂課下課時間，未來這麼表示。

「會嗎?不過妳誇獎她，身為親人的我也很高興。」

我苦笑地回答道。

「還有，夜子小姐吃完午飯時，嘴角沾了起司，我幫她擦掉，她還對我說『謝謝未來小姐』!」

這麼說來，跟夜子在一起的時候，未來似乎有點姊姊的感覺。這是到目前為止還沒見過未來的一面。

「我好羨慕夜子小姐。」

「……為什麼?」

我驀然望向未來，剛才她那種像大姊姊一樣的表情，瞬間就變成了惹人憐愛的撒嬌模樣。

「夜子小姐從生下來開始，就一直跟朝乃先生在一起吧?」

「是、是啊，她是我妹妹嘛。」

「你們一定有許多共同的回憶。」

「嗯……因為是親人啊。」

「我也想要有很多回憶……」

未來才誕生一週而已。也就是說只擁有一週的回憶。

因此，她才會羨慕夜子。

「……之後，未來也會有愈來愈多回憶的。」

「嗯！對啊！還有，下次夜子小姐來，我要向她多打聽一些跟朝乃先生有關的回憶！」

「呃，我過去的糗事只會讓人不好意思，還是別問吧……」

「可是，我也想分享那些回憶！」

未來咧嘴笑著道。

◆　◆　◆

[06/30 Sat 21:45]

我跟平常一樣在飲料吧櫃台處理客人的訂單，一旁的十八也一如往昔地在搖飲料，接著等輪他接管ＤＪ台時便走過去。前輩的ＤＪ離去，取而代之地由十八站上ＤＪ台。

到此為止，都跟平常的工作一樣。

之後在十八的旁邊，未來現身了——

事情要追溯到昨晚。

◆　◆　◆

[06/29 Fri 19:00]

「這小妹妹想進店裡？」

邊說邊盯著未來的人，是這家店的主力ＤＪ——「ＤＪ Ｖｐｅａｋ」——通稱「Ｖ先生」，也是十八的前輩。

「Ｖ先生，店裡雖然嚴禁未成年人，不過難得朝乃會這麼拜託……可不可以麻煩通融一下？」

十八幫忙講情。我在開店前把未來帶到了打工的地方，商量「可不可以讓她在營業時間進來」這件事。

「這女孩……未來非常喜歡音樂。所以我想讓她實地感受一下酒吧的氣氛。」

未來露出平日那種微笑，站在我身邊。

「我想朝乃跟十八你們都知道，進這裡是要檢查身分證的。要是通融的話，會給場子帶來麻煩的。」

「……」

我無話可說了。關於這點畢竟是Ｖ先生有理，他不可能退讓。

「總之，以客人的身分進店是不可能的。就算是我，也不能跟老闆要求這件事。」

我無言地傻傻站了一會兒，才終於死心。

「……我明白了。」

之前森巢教授提議「可以把未來帶到你打工的地方」時，我也回答過「不可能」。不過——昨晚在我房間唱歌的未來——她唱歌時愉快的表情，過了一天後依舊烙印在我眼前，無法消失。

我想讓她體驗一下這個滿滿是音樂的空間。現在的我產生了如此強烈的想法。因此即便知道不可能還是來找Ｖ先生商量了，結果規定果然是不允許放寬的。

「……那，我先送她回去，待會就回來。」

「先等一下。」

Ｖ先生叫住正往出口走去的我與未來。

「你不必那麼失望，雖說不能以客人身分進來，但並不是沒有其他辦法。」

◆　◆　◆

[06/30 Sat 21:50]

ＤＪ台上的十八單耳掛著耳機，尋找切換下首歌的時機。接著他慢慢把平滑轉換器調到中間。站在他旁邊的未來像是感覺很舒服似地搖晃身子。店內的客人們也隨著音樂搖擺，很少有人注意到台上的未來。

十八操作平滑轉換器並更換唱片。過了幾十秒後……

未來拿起麥克風。

十八再度動起平滑轉換器。前天晚上我跟未來一起聽過、且由未來唱過的那首歌的前奏流瀉——

店內響起了未來的歌聲——

那是清澈、深邃，又豔麗的音色。比在我房間演唱時更為嘹亮。

店內的客人們也察覺到這是現場演唱，一齊望向ＤＪ台。未來絲毫不害怕那些視線——不，或許該說她根本沒留意客人們的視線才對。簡直就像跟歌合而為一似地，她自己就彷彿是這首歌本身，撼動了整間酒吧。

「那女孩，昨晚我就猜想她應該具備什麼天賦，沒想到竟然到這種程度啊。」

等自己的出場時間結束後，Ｖ先生不知何時來到了飲料吧前。

「耶……啊，是啊。太感謝您了。」

我聽到他的聲音才回過神，慌忙向對方道謝。

「未來能進這裡都托了Ｖ先生的幫忙。此外，我沒想到您還會讓她唱歌。」

「不能以客人的身分進來，但作為表演者進來演出就不是完全不行了。當然要說這樣一定很安全也不見得啦。哈哈哈。」

V先生邊笑邊探出上身子到櫃台裡，給自己倒了一杯生啤酒。V先生所說的「並不是沒有其他辦法」，其實就是不以客人身分，而是以歌手進店裡，這樣就有通融的空間了。昨晚未來在V先生面前清唱了一小段，合格通過臨時舉辦的試唱會。所以現在她才能在DJ台旁唱歌。

「好玩的是，我自己從十七、八歲開始，就經常出入酒吧。當時我很想當DJ，可是又不能以客人的身分進去，只好偶爾在一些允許未成年者表演的白天活動露臉，之後就慢慢等待擠身的機會……等終於跟業界混熟了，我才可以進去。」

大口喝了啤酒後，V先生繼續說：

「當然，那時如果跑到台下喝酒，我也會被前輩揍，所以只能在台下逛一逛，或是到後台聽。就算這樣當時我也夠開心了。」

「V先生也經歷過這樣的時代啊。」

「當然囉。什麼經歷都沒有，就不會有現在的環境了吧？」

未來唱完了一首，台下傳來驚人的歡呼聲。

「那女孩，像這樣走下去，將來不得了的。」

將杯中的啤酒一飲而盡，V先生望著未來這麼說。

「耶？您的意思是？」

「我雖然玩音樂很久了，但也沒聽過像她那樣的。我根本沒見過像她那種風格的歌手。」

「的確，我也覺得未來的歌聲，該怎麼說……有特別的感覺。」

砰——V先生把空杯放在櫃台上，溶入了台下的人群正中央。

十八又放了一下單純的音樂，等再度流洩出歌曲的前奏時，未來像是回應般將麥克風拿到嘴邊。就像是要滿足店內的熱烈期待，未來唱起了第二首歌。歡呼聲吞噬了整個台下，但未來的歌聲並沒有被遮斷，反而更為強而有力。

人工製造出的存在——然而她的歌聲對我，以及對這裡的所有人來說，毫無疑問都能產生共鳴。

光芒耀眼的歌聲，就像能照亮舞台般響徹著——

◆　◆　◆

[07/01 Sun 12:50]

中午過後我睜開眼，邊刷牙邊回想昨晚的事。

昨晚未來唱了五首歌。全都是之前來我房間時記起來的曲子。不過不論哪一首，她的技巧程度都跟在這裡唱時截然不同。她的聲音好像能無限延伸出去，此外還包含了強烈的情感。

從店裡送未來去平日那座橋的途中，她依舊雙頰泛著紅暈，一副興奮未消的模樣。我想自己大概也是一樣。情緒亢奮的未來始終掛著滿足的微笑。我自己的表情應該也不例外吧。

昨晚的事，我應該一輩子都不會忘記。

不過並不是這樣就結束了。下次我還想找機會聽未來唱歌——就在那個場地。我猜未來一定也有這樣的期望。下次見面時我要確認一下她的想法。未來想必也希望還有在那裡演唱的機會吧。

就在我想著這些事時，門鈴響了。

我抱著期盼的心情去開門，掛著笑容的未來就佇立在眼前。

「欸嘿嘿……我跑來了。真不好意思。」

她像是要打圓場般露出羞赧的笑容。

「怎麼突然又來這裡？」

「嗯——因為昨晚很開心，我還是第一次感覺那麼舒服……」

像是在回想般，未來微微抬起視線朝上空看，並這麼說道。

「雖然也不太明白為什麼，不過一回想當時的事，就想來見朝乃先生。」

「是、是這樣嗎？」

被她說不知道為什麼就是很想見一面，我不禁小鹿亂撞起來……

「先、先別說那個了，兩人一直站在玄關這也很怪，我們就出去吃午飯吧？」

「嗯！走吧！」

突然的造訪雖然令我吃驚，不過也許我心裡本來就在期待吧。畢竟在剛才，我有一瞬間真的想見未來一面。

◆　◆　◆

[07/01 Sun 13:40]

我們兩人吃完午飯了，但接下來又該做什麼。平常吃完飯總是一起去大學上課。但今天是星期天，沒有課可以上。

既然難得未來造訪，只吃了午飯就請她回去未免過意不去。回房聽音樂嘛……不，這麼好的天氣一直關在房間也太不健康了。即便未來再喜歡音樂，那樣也不妥。

「……好，就去原宿吧。」

我下定決心說道。雖然我也去過兩、三次，不過星期天的※竹下通對我來說依舊是完全格格不入的空間。說明白點，那裡的門檻太高了。可是對未來這種年紀的女生來說，一定會喜歡那裡的光景無誤。嗯，真期待啊。（編註：位於原宿的行人專用街道，以有許多流行服飾店聞名。）

「去原宿，要做什麼？」

「上週我領到了打工薪水，去幫未來買衣服好了。然後去吃可麗餅！」

「衣服跟……可麗餅……」

未來露出像是在搜索記憶的表情。似乎想找出「衣服」跟「可麗餅」的意義。我有點不安起來。

「啊……難道妳對衣服跟可麗餅沒興趣……是嗎？那我們去做其他事好了？」

未來頓時恢復明亮的表情。

「不，不是那樣！我覺得很好，而且……」

「而且？」

「我只要能跟朝乃先生在一起，去哪裡都好！」

「是、是這樣嗎……？那真是，太好了。啊哈哈……」

跟這女孩一起行動雖然已經過了不少日子，但我依然臉紅起來。未來總是很坦率，這讓我不太好意思。不過，高興的成分又遠勝過害臊。結果，我這回連耳朵都紅了。

在移動到高田馬場車站的途中……

「未來，妳先在這裡等一下。我去買個飲料。」

我口很渴，八成是因為剛才吃了特辣的蔥加量拉麵吧。

「嗯，我知道了。」

未來站到了女神的銅像前。

「快點回來喔！」

她輕輕揮了揮手。我朝著自動販賣機小跑步過去。結果運氣不好，錢包裡竟然沒有零錢了，只剩下千元大鈔。我想走進車站裡的商店買，但不知為何，除了牛奶跟營養補充飲料外，其他全都賣完了。莫可奈何下，我只好跑去便利商店，最後才終於買到礦泉水並回到銅像前，結果這時，我看到了難以置信的光景。

「今天也從各處　聽見了♪歌

我開心起來　哼唱著♪歌

天氣好的話　唱著太陽的♪歌

下起雨的話　唱著想念太陽的♪歌」

未來在唱歌。

沒有伴奏，只有她自己的聲音。

那是我從未聽過的歌曲。不過歌聲彷彿能沁入人心中，包覆著我們，溫柔地響徹著。未來似乎被誤以為是街頭藝人，周圍築起了人牆。老實說她這麼顯眼對應該要祕密進行的現場測試不太好……不過我也當了好一會兒聽眾，就是因為入迷的緣故。

「來唱♪（歌）吧　配合旋律　拍拍手

來唱♪（歌）吧　讓大家都展露笑容」

四周湧現掌聲。未來似乎有點不好意思，不過依然滿足地笑著向周圍鞠躬。到這時我才突然回過神，排開人群來到未來身邊。

「未來，妳怎麼突然……啊。」

未來打開伸出的手，ＭＰ３隨身聽就在裡頭。

「在等的時候，因為無聊，就聽了朝乃先生與夜子小姐給的音樂。結果新的曲子就在腦中降臨了。」

「我嚇了一大跳哩……沒想到即興也能那做出這樣的表演。不過總之是首好歌。」

一般人我是很難相信，不過未來的話……我覺得非常合理。

「欸嘿嘿，我好高興！」

周圍的人潮慢慢退去，最後終於一個人也不剩。

「那，我們去搭電車吧。」

「嗯！」

◆　◆　◆

[07/01 Sun 15:05]

竹下通果然如預料般人潮洶湧，幾乎整條馬路都被人覆蓋住了。

「喔喔──好多人！」

未來發出感嘆之聲。

「竹下通平日就有很多人。今天是星期天所以就更擠了。」

「昨晚的酒吧裡也有很多人，不過這裡的人更多。明明是在馬路上。」

明明是在馬路上──未來說這句話的模樣讓我忍不住笑了。不過確實，自從開始現場測試以來，我們走過的路老實說只有高田馬場附近。那附近的馬路是不會像這樣的。所以當未來把她的感受率直說出口時，總覺得莫名地有趣。

「那接下來，我們去買衣服吧。」

「嗯！」

未來才剛回答完，柔軟的觸感就包住了我的左手。

「呃……這是？」

未來握住了我的手。

「夜子小姐來的時候，我看到朝乃先生跟她牽手，不知為何，覺得很羨慕。當兄妹真好……我是這麼想的。所以我也想牽手。」

她似乎記得在六本木時我跟夜子牽手的事。儘管露出了有點害羞、不好意思的表情，但未來並沒有放開我的手。反而用力抓得更緊了。

「走吧！朝乃先生！」

未來像是在拉著我似地走進了竹下通。

「喔，等等，不必這麼急吧。」

我不自覺回握著未來的手，感覺很溫暖。

「這台初音未來雖然是人造人，但資料處理是使用舊有基本設計（architecture）的ＣＰＵ、記憶體，以及資料儲存裝置。那些東西的問題就是會發熱，所以必須搭配水冷方式。冷卻液會從發熱的機器表面流到體表，以人體來說就像血管一樣，利用分布的細小管路將溫度帶走，等冷卻液降低溫度再循環回機器。」

森巢教授是這麼說明的。所以未來會有體溫的原理我懂，不過她的體溫簡直就跟人類一樣。就連從未跟異性交往或牽手過的我都有這種感覺。說來真不好意思，我唯一跟女生牽手的經驗，應該就只有小學運動會跳土風舞的時候吧。

「真糟糕……」

「怎麼了朝乃先生？哪裡糟糕？」

「不，沒什麼。」

第一次跟女孩子牽手令我怦然心動這點，由於太丟臉了所以不能告訴未來。

「朝乃先生真奇怪！呼呼呼！」

我拉著開心的未來，進入緩緩移動的人流中。順著人潮，我們邊走邊欣賞時裝店的櫥窗與店頭的塑膠模特兒。

「未來喜歡什麼樣的衣服？有沒有特別想要的？」

通過幾家店後我這麼問道——

「朝乃先生喜歡什麼樣的？」

——結果被她這麼反問了一句。但我連對自己所穿的衣服跟鞋子都缺乏品味了。怎麼可能幫女生搭配衣服……

「唔——應該有最近流行的款式吧，不過我不知道那是什麼，未來也不知道……未來妳自己看，如果有『想穿這件』的感覺就買吧。」

「我想穿，朝乃先生『希望未來穿這件』的衣服！」

「唔唔唔，結果又是這樣嗎？」

我非常困窘，不過也有種說不出的高興……

「所以，請加油找我的衣服！」

「好、好吧！」

老實說，我覺得如今的自己飄飄欲仙。從沒料到自己會這麼高興。

心神蕩漾的我將目光轉向附近的時裝店，恰好看到一個穿純白襯衫、淺橘色迷你裙的塑膠模特兒佇立著。

「怎麼樣？穿這套好看嗎？」

試衣間的簾子拉開，未來有點不好意思地問我。

「嗯。很好看。我覺得很可愛。」

襯衫上衣跟迷你裙真的都很合適。在店裡的其餘客人與店員們也偷偷往這邊投以注目禮。原本這女孩就是穿什麼都好看吧。不過她能穿上我挑選的衣服我還是很開心。

「朝乃先生，謝謝！我要穿這件回去！」

店員熟練地把標籤剪掉，並把換下來的衣服整齊疊進了紙袋裡。

「我想一直穿這件。」

未來邊嚼著滿嘴可麗餅邊說道。

從店裡出來沒多久有一處滿滿是人的路口，環顧四周便能發現好幾間賣可麗餅的店。如今我們正一起吃著可麗餅，稍微休息一下。

「哈哈，能聽妳這麼說衣服也不算白買了。不過每天都穿同一套衣服可不行啊。」

「那，就像今天一樣，跟朝乃先生一起去學校以外的地方時，就穿這套！」

「……謝謝，我很高興。」

雖然這衣服並不便宜，不過僅僅一套衣服就能讓她高興成這樣。臨時想到來原宿的點子看來是猜對了。

「朝乃先生，可麗餅好吃嗎？」

「嗯。既甜又好吃。」

「是嗎？可麗餅，是甜的。而且，很好吃。我記住了。」

這麼說來，未來並沒有吃過點心或零食這類的東西。這可麗餅，也算是她吃點心的第一次體驗。未來邊自顧自地點頭理解邊解決掉可麗餅。

「朝乃先生，接下來要去哪裡？」

吃完後未來問道。

「唔——差不多該回去了。」

時鐘指針已即將要轉到四點的位置。假使按照平日的模式，也差不多是該回去的時候了。但

——

「不要。」

「耶？」

「我還想去別的地方玩。」

未來一臉遺憾的表情要求道。剛才她還非常高興，就這樣回去的話，總覺得有點過意不去。

不過，還能去哪裡呢……我處於這種不習慣的狀況下高速思考著。

「……我知道了。那就去遊樂園吧！只要搭一下電車就到了，而且那裡營業到晚上！」

儘管又是臨時起意的想法，不過今天好像做什麼都很順利，就順勢行動吧。

況且我自己也……就這麼回家的話，老實說會很寂寞。

◆　◆　◆

[07/01 Sun 16:55]

「朝乃先生，那邊那個在轉的是什麼？」

「那叫旋轉木馬，可以坐上去。」

「我們去坐吧！」

「那邊扭來扭去的軌道又是什麼？」

「那叫雲霄飛車。妳看，上頭有人可以坐的車廂，會隨著那條扭來扭去的軌道跑對吧？只是坐那個有點可怕就是了。」

「可是我想坐！」

「啊！有什麼從上面掉下來了！」

「那叫降落傘，想玩嗎？」

「當然！」

……於是，我們就這樣把所有遊樂設施都玩過一遍。不論搭上什麼未來都像小孩子一樣非常高興，始終很愉快地笑著。等玩到雲霄飛車時，我的臉部肌肉已經開始抽搐了，不過未來卻還是非常歡喜。

關於不論我做什麼都會很高興這點，未來或許與夜子有點像，但我也察覺出她們兩人存在著決定性的差異。

只要看到未來開心，我的胸膛深處就會噗通噗通地心跳加速，身體內部也彷彿被燙傷一樣火熱。

這種感覺只有跟未來在一起時會出現，對我來說也是這輩子第一次的經驗。

「那麼……天色已經暗了，也差不多該回去了吧？」

「嗯。雖然我還想繼續玩，不過今天就先到此為止吧。」

未來微笑地說著。「今天就先到此為止吧」這種說法，她不知是何時記住的。總覺得她的點點滴滴都愈來愈像人類了。

而我的心境也在逐漸改變，心持續朝未來傾斜。

◆　◆　◆

[07/01 Sun 20:45]

在每次那座橋上，我跟未來一起等來接她的車。

「車來了以後，今天就要道別了。」

「明天未來休息，不過後天就能再見面啦。」

「嗯……可是……」

未來直視我的眼睛，繼續說道：

「說真的，我想一直一直跟朝乃先生在一起。」

「啊、啊哈哈……妳這麼說我很開心，但我也沒辦法每天都像今天一樣帶妳到處去逛喔。」

未來浮現我前所未見的哀傷表情。

「雖然我的確想多去各處逛，不過那是另一件事。只要能跟朝乃先生在一起，我就……」

就像是要掩蓋過未來最後的話般，接她的車抵達了。

「朝乃先生，再見！」

在車中揮手的未來恢復了笑容。不過那感覺好像有點勉強，就像是在忍耐什麼的笑。

車子開走以後，我又站在原地對河面發呆好一會兒。

未來說想一直跟我在一起。

不必捫心自問，我也跟未來有相同的心情。

這可是人造人的現場測試。然而，我卻隨時間進展忘了這一點。這樣子真的好嗎？

◆　◆　◆

[07/03 Tues 10:15]

「終於又見面了！」

站在橋中央的未來邊說邊向我跑來。

「哈哈，才隔了一天耶，未免太誇張了吧。」

「會嗎？」

「而且，上禮拜二妳並沒有這麼說。」

「上禮拜跟現在的心情不同。」

這種直接了當的奇妙回答，讓我忍不住又笑起來。

稀鬆平常的對話——以客觀角度思考，不是人類的未來也能若無其事地這麼閒聊實在值得驚嘆，但我已經不會感到不自然了。即便是吐槽她「太誇張」的我，老實說也覺得昨天一天過得很漫長，那一定是由於在等待今天的重逢之故吧。

「今天是星期二，吃午飯之前要先上課吧？」

「嗯，沒錯。」

自從認識已過了半個月左右，未來似乎也記住了我的課表。

「那麼，今天的午飯就吃學校餐廳吧。」

「好啊。唔——該吃什麼好呢？」

「朝乃先生即使會這樣考慮，結果最後還是會選蔥加量的蔥拉麵吧？」

「啊唔……或、或許是吧，不過目前還不確定就是了。」

「啊哈！朝乃先生只要吃學校餐廳都是這種感覺，今天一定也不例外！」

不僅是時間作息，就連我對食物的喜好也記住了……不過，我的喜好也太容易理解，或許那是理所當然的吧。

總之我跟未來現在已經變得非常熟悉彼此了。

就連並肩走去學校的步調也很有默契。

◆ ◆ ◆

[07/03 Tues 12:40]

吃完麵以後，我將碗裡剩下的蔥與湯一口氣喝掉，這種清脆與變軟兩種部分交織成的口感既協調又享受。在口中蔥與湯的味道渾然融為一體。這正是蔥拉麵強烈的魅力啊。

「朝乃先生，你的表情看起來很幸福呢——」

未來抬起臉望向我，散發出的氣氛就好像守候小朋友吃點心的大姊姊般，她不自覺露出會心一笑。

「朝乃平常應該算沒什麼表情的人吧，只有吃蔥拉麵的時候會異常地大量露出幸福感呢。」

「朝乃只要有蔥拉麵就萬事ＯＫ啦。真是單純的男人啊。」

「……」

愛科跟十八開始你一言我一語，不過我也懶得反駁……不，應該說我知道只要自己反駁一句，那兩人就會回報十倍、一百倍的分量排山倒海而來，所以我乾脆閉嘴算了。

「那，未來吃的是什麼呢？」

聽愛科這麼說，我也迅速望了一眼，發現她面前是灑了大量蔥的——咖哩。

「嗄、嗄……嗯？喂？呃——妳那個叫什麼啊？未來？」

「蔥Ｆe咖哩！是剛才我拜託餐廳的人，幫我放了很多蔥！」

「……我說未來啊，蔥要跟拉麵搭配才能發揮最大的潛力，加在咖哩中完全發揮不出力量。我想妳應該記得，之前煮咖哩時就說過不必蔥吧？」

「放進去煮跟灑在上頭當裝飾是不同的，我覺得這樣很好吃！」

未來試著以她的歪理反駁我。

「不，錯了。咖哩跟蔥怎樣都配不起來。打個比方，這樣的錯誤組合就像在漫畫月刊裡每回連載十到十五頁，而且是不搞笑的劇情作品一樣。」

「又是那種莫名其妙的比喻……」

「不，我自己覺得很好理解啊。」

「我也能多少明白朝乃想表達什麼啦。」

「嗯嗯，我也知道朝乃先生想說的，非常好懂！就是這樣！」

「我對你們的理解能力感到佩服……」

愛科輕輕嘆了口氣。

「既然知道……那下次就不要在咖哩、而是要在拉麵中放蔥囉，未來。」

「可是這樣很好吃啊。朝乃先生也吃一下就知道了！」

「不不，免了！我不用！我不想吃！」

未來挖了一湯匙蔥Ｆｅ咖哩要拿給我，結果手中途就停住了。
隨後，湯匙咖鏘一聲掉下來。
「咦……？」
「未來，那個還是不要用了。換一根新的湯匙吧，把髒的拿給我。」
「是的……對不起，朝乃先生。」
我換了新的湯匙給有點沮喪的未來。
「是因為那個吧？上課時枕著右手趴在桌上睡著的緣故？所以手被壓麻了？」
「我沒有睡──！」
「又不是你，誰會做那種事啊。坐未來旁邊的我可以替她保證。」
十八的玩笑話改變了氣氛，未來重新振作起精神，再度將咖哩送進口中。
不過話說回來，剛才她手裡的湯匙竟然會弄掉，未來似乎又更加接近人類一步了。

◆　◆　◆

[07/03 Tues 19:30]

下午的課也結束了，我跟未來分手並前往研究室。與愛科處理完要做的實驗項目後，因為今天沒有打工於是便直接回家。太陽已西沉，稀疏的街燈照亮了夜晚的街道。背著昏暗的光，有個小小的輪廓浮現出來。

「……像這樣一天到晚晚上跑出來，遲早會惹人生氣吧？」

「沒事的。」

走過去一看，那人影——果然是未來。

「是嗎？那，一起去吃晚飯吧？」

我知道自己臉上忍不住笑意。雖說責備她晚上還跑出來，不過她能來果然還是令人開心的一件事。

「嗯！」

未來笑著點頭並小跑步朝我這過來，結果卻在我眼前絆了一下。

「唉……呀。」

我慌忙向前扶住她的身體。

「哈哈哈。用不著這麼急吧，餐廳都還在營業呢。」

我從下方撐起未來前傾的上半身，將手輕輕放在她的雙肩上。

「那個……呃……」

不知道為什麼未來似乎很困惑。只不過是絆了一下，有必要露出這種困窘的表情嗎？當我正在思索理由時，未來又再度向前倒，臉埋入我的胸膛，雙手同時環抱我的背，且加重了摟抱的力道。

「等、等一下未來……妳在，做什……麼？」

「我……我不知道。雖然不知道……不過腿，沒有力氣……」

她已經完全把身體重量交給我。現在我也動彈不得了。

「放、放心放心。大概，是因為差點摔倒，所以有點嚇到，情緒稍微動搖了一下。只要恢復鎮定就能正常站起來了……」

儘管我這麼說，但就連我自己都失去了冷靜。那是由於朝上仰望我的未來雙頰染上了粉紅色，體溫與柔軟的肌膚也能透過洋裝清楚地感受出來。這是我從未有過的經驗。

「朝、朝乃先生……暫時保持這樣，好嗎……我、還是、動不了……」

心臟加速了。我一定也跟未來一樣面紅耳赤吧。

「……嗯，好啊。」

稍微恢復一點冷靜後，我略略後傾以便仰起上半身，這樣比較好支撐未來的體重。未來失去平衡後為了不向後倒而把手環在我背上，還砰砰地輕敲著。

「朝乃先生……」

未來身體的僵硬現象似乎漸漸緩解了。交給我支撐的重量也開始減輕。

「差不多可以自己站起來了嗎？」

「嗯……大概。不過……」

她似乎還不想離開，腳步顯得有些遲疑。

「雖然能站了，不過我還想繼續這樣……」

未來環住我背後的雙手更加用力了。

「耶……啊……為什麼？」

「……」

我雖然這麼問，但沉默暫時持續著。感覺這陣沉默好像特別漫長。剛剛才恢復平穩的心臟，如今又用比剛才更快的速度強烈跳動。

「……我，想一直跟朝乃先生在一起。想待在朝乃先生身邊。」

未來打破沉默說道。

「不、不過，就算妳說，想待在身邊，也不用抱得這麼緊吧……」

「……是嗎？可是我想一直這樣。」

筆直望著我的眼睛，未來的臉頰又再度染上紅暈。

「朝乃先生討厭這樣嗎……？」

壓在身上的重量感消失了，未來已能用自己的雙腿支撐身體。不過，她的雙手依舊用力抱住我的背。

「我、我想……呃……這樣嘛……」

不知是想慎選用詞還是確認心情，猶豫不決的我擠不出話來。

就在這時，口袋的手機震動起來。

「等、等一下，抱歉！我接個電話！」

一瞬間鬆了口氣但又覺得很遺憾的複雜心情襲來，然而我還是條件反射性地拿出手機貼在耳上。未來也露出惋惜的表情解開摟在我背上的雙手，朝後退了兩步。

「是篠里同學吧？」

「森、森巢老師!?」

打電話來的是森巢教授。不知道他知不知道現在的情況，教授還是用平常那種冷靜的聲音繼續說：

「本來想讓她今晚也跟你一起吃晚飯的，不過現在要打斷你們了。抱歉。」

「耶？不……我沒意見。」

我才剛在電話裡回答完這句，平常那輛黑色轎車就從對面開來了。

「因為有些情況需要緊急進行確認。經常像這樣指揮你，我在此表達歉意。」

「……」

一邊聽著電話那頭教授的聲音，我一邊看向未來，她兩側站著穿西裝的男子，正把她帶往車子。

「請你不要覺得不悅。我也希望之後能繼續獲得你的協助。」

「……我明白了。」

我空虛地回答完後便掛斷電話，這時未來已經坐在車裡了。

車輛駛離，未來隔著車窗一直以雙眼緊盯著我。

我也愣愣地站著，目送她遠去。

「我想一直這樣。」

「朝乃先生討厭這樣嗎……？」

腦海裡殘留著未來的聲音。

我沒能回答她。我沒有說出自己的真心話。

「我也想一直跟未來在一起。讓妳待在身邊。我無法停止思念未來的事。」

我不明白這種心情是什麼。如果讓別人來說，或許就是「戀愛」吧。

這可能是很異常的一種行為，因為對方並不是人類。不管用理論或常識判斷，結果我自己也很明白，就是因為頭腦的角落依舊被所謂的常識拉住，剛才才把真心話吞回肚子裡。

然而那麼做完全錯了。比起常識，我應該要率直傳達出自己的感覺才是。

◆　◆　◆

[07/04 Wed 10:15]

又到了平日約定的時間。

結果在碰面的橋上，並沒有看到未來的身影。是遲到了嗎？

我站在橋中央愣愣地俯瞰河面。不，我想，我只是面對著河面，其實根本沒在看吧。昨晚因為在意跟未來分手時的事，所以一直睡不著。到現在疑惑依舊在腦中打轉。

今天未來會以什麼表情現身？我又該以什麼表情見她才好？

問題通通堆在腦中無法整理。這時，我的手機發出震動。

「早安，篠里同學。」

結果又是森巢教授。

「關於初音未來的事……昨天調查的結果，需要檢查的項目比預期還要多。所以今天的現場測試要暫停了。」

「暫停，是嗎……」

沒睡飽的疲勞一口氣跑出來，我呆滯地重複著教授的話。

「今天要花一天時間進行詳細的全身檢查，預定明天以後再恢復正常的測試。明天開始再麻煩你吧。」

「……請問……」

我朦朧的腦子裡浮現起一個疑問。

「未來的身體不舒服嗎？」

「身體不舒服……應該說是人造人的全身狀態吧？並沒有出現嚴重的『故障』。」

教授所說的「故障」這個詞——簡直就像在形容壞掉的機器一樣，反而莫名激起了我的不悅。不過冷靜想想奇怪的應該是我才對。初音未來是實驗品，我也只是在進行實驗罷了。可是……

「那，就算不暫停一整天也可以吧？好比從下午起……」

我會繼續跟對方爭辯，是因為想見未來的緣故嗎？應該是吧。

「很感謝你想要繼續測試的熱情，不過初音未來今天不能出去的理由剛才已經說明過了。沒有必要再跟你繼續談下去。」

「……」

在教授的強硬口氣下，我無法立刻提出反駁。

「為了以防萬一，我還是跟你確認一下吧？這是現場測試。你是實驗的協助者。初音未來並不是你的所有物。」

「……是的，我明白。」

教授繼續施加壓力，我只能服從。

「既然你能理解那我就安心了。那今後也麻煩你多偏勞。」

通話結束後，我才腦袋恍惚地走向學校。我懶洋洋地去上課，無精打采地去研究室，有氣無力地去打工。

不管做什麼事，感覺都很空虛。

到了這一天，我才想起現場測試遲早會結束。這明明是測試開始前就該明白的事，但我卻不知為何忘得一乾二淨。直到今天才又想起來。

那也意味著，我們不可能永遠在一起。

我無法忽視那點。即便我故意忽視，時間也會繼續流逝。

接著總有一天——別離就會到來。

所以要盡量早一點，把自己的心意率直傳達出去才行。就如同平日的未來對我的態度那樣。

◆　◆　◆

[07/05 Thur 11:30]

翌日，我走往平常會合的地點。之所以感覺腳步很沉重，或許是出於一種難以言喻的不安吧。

但結果與我的不安無關，未來跟平常一樣站在橋的正中央。

「朝乃先生，早安。」

以微笑迎接我的未來模樣跟往常一模一樣，我可以感覺到心底頓時鬆了一口氣。

「終於又見面了呢，未來。」

前天未來說過的台詞這回換我說了。

「才隔了一天耶，未免太誇張了吧。」

未來也刻意用前天我自己的話回答我。我不禁咧嘴笑了起來。

「那麼……午飯去吃什麼好？」

「就吃朝乃先生想吃的好了。」

對話的氣氛也跟前天一樣，我們就像平常的日子，朝高田馬場車站前走去。

午飯則選了西武新宿車站大樓一樓的某家漢堡店。

「未來，好吃嗎？」

「嗯。」

即便沒有味覺，未來也像是很美味地大口嚼著漢堡。這些舉動都跟之前一樣。

所謂的緊急保養究竟是指什麼？像這樣一起吃飯，一點異常也看不出來。也沒有任何可疑之處。也就是說，保養進行得很順利囉？話又說回來，之前究竟是哪裡出了問題？

「朝乃先生，怎麼了嗎？」

未來盯著我的臉問。等我回過神才發現她已經吃完漢堡，對一時默默無語、陷入沉思的我露出擔憂之色。店內的背景音樂幫忙掩蓋了這陣沉默。

「啊啊，抱歉抱歉，沒什麼。那，我們去學校吧？」

「嗯，走吧，」

一如往常的行動。一如往常的未來。不過我卻無法放下心。

這樣的日常總有一天會結束。所以在結束之前，我一定要傳達出我的心情。

在今天分手時，把前天沒有說出口的話說清楚吧。要好好讓她聽到。

◆　◆　◆

[07/05 Thur 13:55]

課堂上。在默默抄筆記的我身邊，未來也一樣將黑板內容複製到筆記上。跟上禮拜一模一樣的光景——正當我這麼想的時候，只聽見小小的「叩」一聲。

「啊……」

未來把自動筆弄掉了。我替她拾起滾落桌下的筆並遞到她手上。

「謝、謝謝……」

不知為什麼，她的模樣很狼狽。只不過是掉了自動筆而已，卻好像發生什麼重大事故一樣……？

我有點在意，但到了第三節下課時間，未來又恢復正常，第四堂也沒有特別的異樣，因此我很快就忘了那件事。比起那個，我腦中一直在想上完課以後要做的事。

下課後，我又像平常一樣送未來到一樓。

「朝乃先生，明天見。」

站在眼前的未來笑著跟我道別。

「未來，等一下！」

「嗯？什麼事？」

說吧。把心情傳達出去。

「未來……妳之前說過……『想一直跟我在一起』……對吧。」

「之前……嗯、之前……說了……我不想回……」

說到一半未來伸出右手，緩緩地抓住我的手腕。她的手稍微加重力道，有種不想放開我的感覺，此外還微微發出了顫抖。

「我……我……」

我打從出生起還沒有經歷過這種緊張的場面，連話都說不好了。

不過，我非說不可。下定決心後我吸了口氣，結果未來卻先開口了。

「回去……回……去……回去的時間，回、回、回……不、去。回去。不想。回去。」

「……未、未來!?」

未來抓著我手腕的手微微發出震動，最後她整隻手臂都搖晃起來，眼前未來的這種表情也是我從來沒看過的。

那就好像極端恐懼什麼，幾乎快引發恐慌的表情。

「怎、怎麼了未來……妳還好吧？」

這到底是怎麼了？發生了什麼事？雖然我不知道為什麼，但眼前的未來很害怕、很恐懼。儘管我想做點什麼，但卻不知道該做什麼好。焦慮感以加速度上升中。

不過，這個場面並沒有維持太久。

未來的左右兩側各出現一名平日來接她的西裝男。

「啊……！」

男子揪住未來抓著我衣襬的手腕，硬生生扯開了。

就這樣，男子們無言地揪住未來的肩膀，讓她轉身背對我，推著她的背，把她帶到車前，最後又把她推進車裡。

車子開走了，被拋下的我愣愣站在原地好一會兒。

教授撥打手機過來，單方面告知我「因為有些狀況，所以週五至週日的實驗暫停，星期一則是定期保養，所以下星期二開始再麻煩我」。

未來當時的反應……真的只是有些狀況而已？

我想問的問題堆積如山，但從上一回通電話後我就明白，他是不會回答我的疑問的。因此我只能回答一聲「好」便掛斷電話。

我對束手無策的自己感到非常生氣。

◆　◆　◆

[07/10 Tues 10:15]

感覺時間好像停滯了一樣，漫長的四天過去了。

那究竟是怎麼回事……？當時的未來明顯不對勁。結果我卻依舊一無所知，不過反正今天現場測試又要展開了。我抱著不安向平常那座橋走去。

如往常一般，未來佇立在那。

「朝乃先生，早安。」

明明短短幾天才出現那樣的異變，現在看起來卻好像完全恢復了原狀。不過，真的已經沒事了嗎？

「……未來，之前真是辛苦了。已經沒問題了嗎？」

說不定未來的異常狀況還沒修復好。我很擔心，所以試著向本人問道，結果未來露出有點不解的表情，這麼回答我。

「呃……沒發生什麼事啊。」

「……？」

我感到背脊一陣惡寒。就好像自己腳下的立足點突然搖晃起來一樣。

「不對啊，上個禮拜四，妳回去的時候……」

「啊啊。那個啊，已經沒事了。現在完全沒問題，放心吧。」

不知為何，未來並沒有看著我的眼睛回答。這種奇怪的感覺是什麼？

「朝乃先生，快點去學校吧。不然會遲到喔。」

「啊，好吧……」

我被她催促著前進，但卻依舊無法接受。她不想再提上個禮拜四的事嗎……？

「今天上午有課，接著就在學校吃午飯？」

「……嗯，是啊。」

對話內容還是跟過去一樣，但我卻感覺對話的溫度變了。平常光是說到吃午飯她就高興成那樣子，然而這回她卻沒什麼反應。

此外，今天她一次都沒有正視我的眼睛，這是到目前為止還沒有發生過的。以往早上在橋上見面時，未來總是目不轉睛地望著我的眼。

今天的未來簡直就像想蒙混什麼、隱藏什麼一樣——

◆　◆　◆

[07/10 Tues 12:25]

上課時，老師講的話我幾乎沒有聽進去。

我很關切未來的舉動。但靜靜記著筆記的她看起來沒什麼改變，唯有時間一如往常流逝。她的樣子就跟上週以前差不多。

今天早上的不自然感是我在胡思亂想嗎？

到了現在午休時間，她也跟上週一樣吃著東西。用湯匙把焗飯送進嘴裡，反覆進行自然而圓滑的動作。

「未來，今天吃多利亞焗飯啊。小心不要把嘴巴燙著了唷。」

「謝謝妳，愛科小姐。」

「好──這時候就換我上場了！我來幫妳呼一呼，把焗飯吹涼吧！」

「不必你多管閒事吧。」

「十八先生，我自己一個人吃就可以了。」

「這樣啊。那也沒差啦，不過還是有點遺憾……」

不知是惰性還是習慣使然，我依舊點了有大量蔥的拉麵。然而唯一不同的一點是，以前不論怎麼吃也不會膩，一直覺得很美味的蔥拉麵，現在卻變得一點也不好吃。這是因為我心有旁騖，還是味覺變遲鈍了呢？

午飯時的對話氣氛也跟往常一樣。找不出什麼奇怪之處。

然而，我卻覺得未來簡直就像坐在一塊玻璃的另一側──這是為什麼？

◆　◆　◆

[07/05 Tues 15:15]

下午的課也結束了，我為了送未來而下到一樓。

腦海又浮現上週五送她回去的情景。未來的樣子明顯很奇怪。一邊說著「不想回去」又抓著我的手腕，簡直像是在害怕什麼，以懇求般的眼神望著我。一回想起來就覺得胸中悸動難安。

然而今天的未來，表現得卻像是那天的事根本沒發生過。

「朝乃先生，怎麼了嗎？」

未來擔憂地仰望我的臉。

「未來，難道妳……」

我差點就問了出來。未來有什麼不能告訴我的事——我總是無法擺脫這種感覺。如果她對我隱瞞了什麼，那事實的真相又是？

結果這時又有意外的因素闖了進來。

「哥！夜子來囉！」

夜子出現在學校入口。

「喔哇!?妳怎麼突然跑來我學校？」

「大學是開放的場所吧？所以夜子當然可以來囉。」

儘管夜子不正面回答我的問題，但也不能算她說的沒道理。

「話是沒錯啦，不過妳為什麼又……」

「學校考完試了，現在放假，所以就順便過來一趟，而且夜子還跟未來小姐約好要聽她唱歌哩，今天搞不好就有機會，不是嗎？」

這麼說來，上次夜子來的時候就這麼拜託過未來。而未來也有那個意願。說不定這是個好機會。乾脆今天就蹺掉研究室，跟夜子、未來三人一起去唱歌吧。就算有什麼不好對我說出口的事，藉由唱歌也能讓心情舒坦一點，說不定還可以趁機表露真心話。

「未來小姐，之前借妳的CD妳練會了嗎？夜子想跟未來小姐一起唱呢。」

「是啊，偶爾蹺掉研究室去玩也不錯。未來也……」

當我這麼說的時候——

「我，沒什麼……心情，嗯。」

未來一臉陰鬱，充滿歉意地這麼說。我則不敢置信地望著她的側臉。

「耶？為什麼呢？」

夜子也問。

「今天，有點……沒辦法唱。」

未來的話完全出乎意料，我都不知道該怎麼回答才好了。

「耶……是這樣嗎？啊，難道是今天身體不舒服？既然如此就下次……」

「是、是啊……下次有機會再去吧。」

我光是要回答夜子就很費力了。

「那麼這個，是這次的伴手禮。」

夜子從包包取出兩張CD，遞給我跟未來。

「夜子買了CD過來。之前未來小姐跟夜子一起玩過，還讓夜子聽到那麼好聽的歌聲，所以這是回禮。夜子每天都聽這個，是自己最喜歡的CD唷。希望哥跟未來小姐也能多聽幾遍並記下來。之後大家就可以一起唱了。」

「謝謝……我很喜歡聽音樂，我會多聽幾遍的。」

接過CD的未來，表情上看起來並沒有高興的成分在。

「朝乃先生，夜子小姐，那我今天就先回去了。」

這麼說完未來便坐上來接她的車，逕自從我們面前消失。

「……之前明明那麼開心地唱歌，剛才卻說『今天沒辦法唱』，她這麼說真的是發自真心嗎？總覺得是說謊呢。這是夜子猜的啦。」

「說謊？未來對我說謊？」

被夜子提及的一瞬間，我也立刻浮現「不可能，未來沒有理由對我說謊」的念頭，然而仔細想想，夜子會這麼認為也不稀奇，確實這幾天未來的樣子都怪怪的。對我說謊……我不能完全否定這個可能。

「是有什麼不能對哥說的煩惱吧？她看上去好像在忍耐什麼……」

煩惱……忍耐？

假使說個性一向樂觀，言行舉止都很率真的未來會有煩惱，或是在忍耐什麼的話，那一定是跟保養這幾天所發生的事有關吧。

此外，又假設她被下了封口令，禁止把那些事說出口的話……

「哥，那今天夜子就先回去囉。哥你看起來也沒什麼精神呢。」

看我默默陷入沉思的模樣，夜子也識趣地告退了。她的表情看起來既寂寞又沉痛。

「抱歉，夜子。之後找機會再來吧。下次我請妳吃壽司。」

「嗯，我知道了。夜子會期待的。」

我單獨被留在校門口，暫時佇立原地任憑腦中的思緒奔馳。

接著我獲得了一個結論——那就是我現在應該採取的行動。

◆　◆　◆

[07/10 Tues 16:20]

我內心這種揮之不去的不自然感，被夜子的話證實了。

果然，未來在隱瞞著什麼。而能確認這點的對象——除了森巢教授沒有別人。

儘管我已下定決心但仍無法壓抑緊張。我死命用力抓著手機，撥打教授的電話。

電話響了三聲半，接著沉重的說話聲在我耳邊響起。

「你主動打電話來還真稀奇啊，篠里同學，怎麼了嗎？」

未來發生了什麼事。以未來人造人的身分為前提，森巢教授是唯一能回答我疑問的對象，沒有其他選擇。

當然，我不知道他會不會說實話。不過，搞不好在對話當中能找到蛛絲馬跡。

「森巢老師，今天未來的樣子很奇怪。請問發生什麼事了嗎？」

「你說『樣子』，具體是指什麼？」

「森巢老師前幾天說過未來『有些狀況』對吧？她似乎還沒有完全治好……」

沒錯，毫無疑問就是從那時候起變得很奇怪。但教授的聲音卻打斷了我。

「前幾天的狀況只是很輕微的問題，對現場測試與開發進度不會產生影響。目前初音未來依舊表現出如當初估計的性能。」

這不可能啊。那樣叫做輕微的問題嗎？況且——

「呃……跟之前相比，我覺得她在保持與我之間的距離……而且，她好像想隱瞞這種心態……我看起來是這樣。」

「你有點過於主觀了。首先我要問，初音未來對你『保持距離』究竟是指什麼？」

「那個，之前未來對我……」

「對你？」

「呃，她，對我……」

我語塞了。說不出「未來應該對我有好感」這句話。

「隨便說沒有證據的話無法令人苟同。就算是合理的推論也必須要有根據。」

我還沒說完對方就先回應了。

「我們對你的角色要求是現場測試員。以上以下都不是你該做的，我希望你能再度確認並理解這一點。」

電話就這樣掛斷了。就和之前一樣，都是教授一個人在下令，關於我的疑問根本沒有觸及任何核心。

教授似乎也有不想對我說的事。那並不只是關於技術層面的。

至於未來很奇怪的理由……未來跟教授之間，或許發生了什麼我不知道的牽扯吧。

◆　◆　◆

[07/10 Tues 20:30]

我在酒吧如往常一樣幫客人弄飲料，不過今天已經搞錯三次訂單了。

「今天還是讓我來幫忙吧，你稍微放鬆一下。」

儘管站在旁邊的十八這麼說，但我現在連跟他客套的從容都沒有，只能完全把工作丟給他了。這種渾渾噩噩的感覺不知持續了多久，只能任憑時間流逝……

今天莫名閃避的未來，跟不久之前在橋上抱住我背部的未來。

兩種印象在我的腦中不斷重複交替。

這當中我是怎麼應對未來的，有沒有做出任何會影響未來態度的言行舉動，就算我一點一滴地仔細回想，心中也一點頭緒都沒有。

到上週二以前的未來還很正常。特別是那一天，她傳達出前所未有的強烈情緒。而也就是在那時，森巢教授突然打手機給我。

週三是突如其來的保養。翌日，也就是上週四的未來，現在回想起來已經有些異樣了。至於最後的徵兆則是分手的時候，未來對我的疑問無言以對——那種事過去從來沒發生過——好像極度恐懼當場離開我，而且也像她自身的恐懼心又引發了更嚴重的動搖。

再來就是連續四天的保養。

然後到了今天，未來對「唱歌」的反應，明顯與以前不同。

未來一直想向我傳達她的心情。我也應該要把自己的心情傳達給她才對——雖說未來並不是人類，但這種事並不造成影響——我已經這麼決定了。

結果，未來卻忽然發生改變。

不管是當時教授打來的電話，或是連續幾天的保養。

時機點也太巧了。

結論就是，未來並不被允許戀愛吧。

對森巢教授而言，我必須是人畜無害的存在才行嗎？讓未來萌生感情或許還能被允許，但只對我抱持特殊的情感會對現場測試造成障礙吧。

我猜恐怕是這樣。

「朝乃同學，我有話想對你說。」

感覺白領人家薪水的一整天打工結束後，在回家之前，這間店的主力ＤＪ，也是十八的前輩ＤＪ Ｖｐｅａｋ叫住了我。大概是要警告我今天幾乎都心不在焉這件事吧。

「Ｖ先生，這傢伙今天身體不舒服……不要勉強他就讓他休息一下吧，我也拜託您。」

十八也跟我有同樣的解讀，在Ｖ先生說下一句話前就先幫我緩頰。

不過Ｖ先生要說的話卻跟我們預料的不同。

「不是不是，不是那個。之前來的那位……是叫未來吧？可以再叫那女孩來嗎？」

「耶……？」

真是突然的提議。

「這次會給她演唱費喔，那是老闆說的。有好多常客都提出要求，詢問『那女孩還會不會來？』就連我也都被追問了。」

對喔。那時候——未來為台下的大量客人唱歌時，她本人看起來是無比地幸福。她能夠那麼盡情歌唱的地方也只有這裡。

傍晚夜子邀請她時，雖然她看上去沒什麼心情，但如果能親身感受這舞台的氣氛她應該就會想唱歌了。畢竟未來是打心底喜歡音樂、唱歌的啊。

「我明白了，我會跟她提這件事。什麼時候方便過來？」

「看你們那邊。不過愈快愈好。」

「好……我也來練一下未來專用的曲目吧！」

搞不好，未來在這裡能重獲自由。

未來也有未來的心，這點我是確定的。未來之前是那麼喜歡唱歌。恐怕是森巢教授給未來套上某種「枷鎖」，她才會變成現在這樣吧。不過來到酒吧這被音樂的洪水淹沒後，或許那些「枷鎖」就會崩解了。

如果唱歌能讓她恢復自我，那之前的心情——應該也能失而復得。

◆　◆　◆

[07/11 Wed 10:15]

未來跟平常一樣，俯看著河面等待我。

「早安，未來。」

我盡量不去意識昨天的事，就如過去那樣，用正常的聲音跟她打招呼。

「朝乃先生，您早。」

可是未來卻使用了敬語。

「請問發生什麼事了嗎？」

未來訝異地望著我的臉說，這時我的臉上一定難掩動搖的表情吧。

「未來……妳究竟怎麼了？」

我由於過度狼狽，根本無法控制自己。

「發生了什麼事嗎!?」

我不自覺以雙手抓住未來的左右手臂，口氣強硬地質問。
「對、對不起……朝乃先生，對不起……」
未來的目光看來失去了焦點。
「對不起……對不起……」
我嚇到她了，未來只是不停地道歉。由於沒有想好發言的順序就突然丟出疑問，才會嚇得她只能拚命道歉。我察覺到這點，強烈的悔意刺入了我的胸口。
「……該說對不起的是我。可是……」
對著稍稍背過臉去的未來，我繼續說道：
「之前明明討論過，因為我們是表兄妹，用敬語會很可疑，只要保持輕鬆的說話態度就好，但妳剛才卻用了『您早』……」
只不過是一句話而已，或許我的反應太誇張了。不過，我有種她簡直像回溯到剛認識的時候，之前的事被一筆勾銷的恐怖感。
「……嗯，我會注意囉。」
未來露出像是在乞求原諒的悲傷笑容，刻意用非敬語回答。
暫時沉默了一會兒，我提出昨晚的事。
「未來，有件事想跟妳商量。」
「什麼？」

總之她又恢復正常的口吻了。不過，氣氛依然莫名地尷尬。

「之前妳去過我打工的地方，還記得嗎？」

「嗯。十八先生是ＤＪ，我與他同台唱歌。感覺非常快樂。」

聽了未來的「非常快樂」，我多少放心了一點。果然，那種滿足感不是輕易就會消失的。

「店裡的客人們還想再聽未來唱歌。雖然妳只唱過一次，不過已經很受歡迎了。」

「是……這樣嗎？」

「嗯。所以啊，明天妳能不能再來酒吧唱歌？」

老實說她應該想唱才對。所以只要像這樣替她準備唱歌的機會——那種自己歌聲使大量聽眾陶醉的亢奮感，她想必不會遺忘的。

「如果朝乃先生這麼希望的話。」

未來露出客套的淺笑並回答道。儘管答應了，但跟以前歡天喜地的樣子實在相差太遠。果然，這樣子也行不通，還得另外再想辦法。

未來應該是打心底喜歡唱歌這件事才對，我只能把賭注押在她的這種心情上了。

◆　◆　◆

[07/12 Thur 20:45]

「未來，今天也拜託妳精彩演出囉！我會為妳的歌聲準備好最棒的伴奏！」

十八露出充滿朝氣的微笑。

「上次我錯過了，這次我要放鬆心情好好欣賞。拜託十八不要扯未來的後腿啊。呼呼呼。」

愛科也來了。她戲謔十八的玩笑話使現場氣氛輕鬆不少。

「我覺得妳很有才華。感受敏銳的聽眾都很稱讚妳的歌喉。不過，妳不需要有壓力，放鬆心情唱就好了。」

V先生如此評價未來的歌聲，並試著解除她的緊張，以便她能發揮好的演出。

站在ＤＪ台上的ＤＪ換了首比較長的間奏曲。這意味著十八差不多該上去交班了。而同樣地，未來上場的時候也快到了。

「未來，大家都是來聽妳唱歌。大家都很喜歡妳的歌聲。」

我在最後鼓勵著未來，我相信她一定會回應我。

十八讓目前放的曲子繼續重複，並撥動平滑轉換器，讓未來要唱的曲子前奏重疊上去，未來也就定位。這光景跟之前一樣。接著等前奏結束，就是未來唱歌的時候了。

然而——

「……對不起。」

未來喃喃說了一句，離開十八身邊。我慌忙趕上去，不由自主地拉住她的手臂使她停步。

「未來……妳怎麼了嗎？」

「對不起。我，果然沒辦法……」

為什麼事情會變這樣？不是因為她想唱歌，所以才來這裡的嗎？不是因為這裡可以讓她放聲高歌，她才願意來這裡的嗎？

我未經整理的疑惑脫口而出。

「到底是什麼沒辦法？為什麼會沒辦法？」

「……了。」

「耶？」

她回以像是要消失一樣的說話聲，由於內容令人難以置信，所以我再問了一次。

「我……不能唱了！」

她判若兩人，也是我第一次聽到未來發出如此強硬的語氣。聽完這句的我感覺全身都失去了力氣。未來揮開我無力的手，轉過身去。

「對不起。」

她只留下這句話，就像是逃跑似地衝出店裡。

我腳步搖搖晃晃地追了出去，但卻沒有力氣趕上她。

來到店外，不知何時下起了驟雨，眼前出現平日那輛黑色轎車，未來搭上它就消失了。

我只能被雨水敲打，茫然望著未來的離去。

◆　◆　◆

[07/18 Wed 4:15]

今年的梅雨季節持續得比往年久，連著幾天烏雲蔽日，雨也一陣陣地下個沒完沒了，如此不乾脆的天候始終持續著。

那天後又過了五日。

上週四晚上，未來並沒有唱歌。我已經不知道該做什麼才好了，覺得怎麼做都沒有用。

然而現場測試依舊在持續下去，不論是上週五或今天，未來還是像平常一樣出現在那座橋上，笑著以「朝乃先生，您早」對我打招呼，也一樣一起在學校餐廳吃飯，之後去上課，在我要

進研究室的時間拋下「那麼，明天見」就回去了。行程完全跟過去相仿。

不過，我卻完全看不到未來的心。

那只是在一起而已。只是單純進行沒有障礙的對話而已。當初對我投注情感的未來，究竟上哪去了呢？那個時光已經一去不復返了嗎？

沒多久之前的我，跟未來在一塊兒還感覺很快樂——等失去以後我才清楚地明白，現在就連看到她的臉都覺得很痛苦，待在一起也覺得很痛苦。不論說什麼都很空虛，根本是社交辭令。像這種難受的經驗我這輩子還沒體驗過。

假使我跟森巢教授提出退出測試的要求呢？搞不好他就會順手讓我退出了。這麼一來我也用不著每天這麼痛苦了吧。事實上，這五天內我有好幾度考慮辭退測試的打算。

不過只有那件事我辦不到。

儘管在一起很痛苦，但我更害怕無法跟未來見面。

果然，我還是想跟她在一起。就算什麼事都做不了，也不想跟她分開。

要言之，我依然無法割捨未來，也不想承認內心的絕望吧。但就算是這樣我依舊束手無策。

不，是什麼都不想做。如果做了什麼舉動而再度壓垮我的希望，我絕對會無法忍受。要是能只花一點等待的時間，就能回到從前那樣就好了——

我並不認為這種僥倖的心理能改變什麼，但我卻依賴這種想法。此外，我也開始討厭只能這麼做的無用自己。

「朝乃，你這樣不行啊。」

在打工結束的回程路上，十八對我這麼說。會被他唸也是理所當然的。我之所以還來打工，並不是抱著賺錢的渴望或不讓其他打工人員增添困擾的義務感，也不是喜歡待在那充斥音樂的空間享受，只是打工這事已化為習慣罷了。抱著這樣的心情工作，不但動作慢也時常出錯。

「……或許我已經不行了吧。再這樣下去，不如辭職算了。」

跟這種狀態的我一起工作，十八的心情也會變差吧。其他的打工同伴鐵定也有同感。既然如此，或許我辭掉工作的選擇對大家來說都好。

「不是那個啦。我不是在說打工的事。那種小事我們多少可以應付。我想說的是關於未來的事。」

「未來她……怎麼了嗎？」

十八沒有回答，只是在自動販賣機前停下腳步。

「總之你最近辛苦了。」

他把買來的罐裝咖啡遞給我。
「謝謝。」
「……呃，今天的午休，我也去餐廳了。我看到你跟未來的樣子囉。」
十八喝了一口咖啡後切入正題。
「是嗎……這樣啊。」
十八有點不耐煩，而他也不想隱瞞自己焦躁的情緒。
「那時候你的態度是怎麼回事？」
「……態度？」
十八站到我正前方，緊緊盯著我問。我並沒有回應他嚴苛的目光，也沒有顧左右而言他，就指示任憑他擺布而已。
「就我看，未來可是很擔心你耶。一直說『朝乃先生是不是身體不舒服？』或『今天的蔥拉麵不好吃嗎？』之類的，很關心你啊。可是為什麼？你完全沒有回答，只知道猛搖頭……她真可憐，未來為此望著你的表情可說是愈來愈不安了。你到底打算怎麼樣？」
一切都如十八所說的，可是我什麼也做不了。
「為什麼都不說話？從之前你的樣子就很怪。上週四你帶未來去酒吧她也沒有唱歌。是發生了什麼事吧？」

沒錯。我知道未來身上一定有什麼不對勁。但……

「不，沒什麼。」

我無法對十八說明。一旦要說明，就要牽扯到未來是人造人這點。雖然森巢教授曾要求我保密，但這並不是我不能說的理由。而是就算我說了，十八也不會相信吧，另外就算十八相信了，也會把他扯進這件事。

「……我好像看錯你了。你喜歡未來對吧？那就別讓她露出那麼悲傷的表情啊————！」

夜裡的高田馬場響徹著十八的叫聲。

「……你明明什麼都不知道，別亂出主意好嗎！」

我也按捺不住，大聲地反駁他。

「啊？什麼叫我不知道？是因為你這小子把事情都憋在心裡吧！」

站在我正前方的十八踏出一步，揪住我的胸口。

「……把一切都說出來就會輕鬆嗎！如果這世界有這麼簡單就好了……我可不那麼認為啊！」

我把最近累積的壓力都發洩到十八身上。在這之後，堅硬的拳頭直擊我的臉頰，我順勢被他打到一屁股坐在馬路上。

「站起來！如果被打會生氣就站起來反擊吧！你這小子還是男人嗎？我認識的朝乃可是個永

遠關心朋友的好人……不是這麼沒用的傢伙——！」
我沒有力氣爬起身，只好坐著低下頭。
「啐……真丟臉。你就鬧彆扭到高興為止吧。」
拋下這句話，十八便轉身走了。
「……只靠我跟未來的心情，根本無濟於事啊。」
我不經意發出這番話。十八一瞬間停下腳步，不過之後又直接走掉了。

◆　◆　◆

[07/18 Wed 17:55]

研究室依舊保持固定的光線與空氣，如果什麼都不做地坐著便會產生時間停止的錯覺。
「哎，放輕鬆一點吧。」
愛科對我說道。
「是啊，任誰都有無法持續注意力的時候，朝乃同學你現在就是這樣。不必煩惱。當資料採集的進度趕不上時，再輪朝乃同學出場吧。在那之前就交給我們。」
就連町村也在同情我。那是理所當然的，我從上週開始，光是單純的採集資料都不斷重複發生單純的錯誤，昨天甚至還犯了幾個中小學生都不會犯的錯。今天這時候完全不讓我幫忙實驗也算是合理的判斷。

我很明顯被大家同情了。

這種時間停止的感覺當然只是錯覺，我直到最後還是什麼都沒做。被大家告知「今天可以回去了」以後，便比平常早一點離開研究室。

今天打工也休假。昨晚跟十八發生了那些事，也無法去店裡逛逛轉換心情。

看來就只能待在家裡了吧。

即便什麼事都不做，映入眼簾的時鐘指針還是會前進。待會兒直接就寢，明早起床走出房間，來到橋上等未來，兩人在一塊兒的時候談些空虛的對話，最後時間到了再目送她離開⋯⋯

我的心情又開始逐漸傾向辭去現場測試了。

我沒有信心在這種狀態下保持自我。

就在這時，手機短促地震動一下。我看了畫面，是夜子發來的簡訊。

「哥，最近未來小姐怎麼樣？之前看她沒精神夜子很擔心。女孩子有很多煩惱，假使未來小姐有麻煩哥一定要幫她才行唷。能守護未來小姐的就只有哥了。」

簡訊大半內容都是推測，但卻依然刺入了我的胸膛。

「能守護未來小姐的就只有哥了。」

我的想法錯了。「沒有信心在這種狀態下保持自我」——這代表軟弱的我只考慮到自己的事。如果真的重視未來，不論自己遭遇什麼，還是要陪伴她到最後一刻才行。

沒錯。回想起來，從未來的樣子開始變奇怪後，或許我就不再那麼重視未來了吧。我只是單方面希望未來能回應我……

我只是想著，希望她回應我的心情。只是想著，直到先前為止，她明明一直都能回應我的，為什麼現在卻判若兩人了。

在十八揍了我以後，雖然他評價我是「永遠關心朋友的好人」，但其實並不是那樣。我並沒有真正地重視未來。我只是忍受不了自己被她拒絕罷了。

然而——如今的未來看起來每天都不快樂。雖然有部分原因是出於我，但我並不覺得就只有如此。

就算心情沒有得到回應，也只能忍耐了。我非得要突破這個難關不可。這幾天我正如十八所說，是在鬧彆扭，不過我也該振作了。

能讓我心情如此激烈動搖的未來——雖說現在態度出現了異變，但讓她恢復以前那樣不論做什麼都開心的未來，不正是我該做的事嗎？

下定決心後，我不知何時已衝出房間，雖然也不知道該去哪裡好，但總之要先找到未來再說。首先跟她本人見一面。為最近我的自私態度道歉。

我二話不說跑出公寓，窄而長的馬路上延伸出兩道人影。

「喂，朝乃，你要去哪？讓我也一塊兒去吧。」

「可以讓我也一起去嗎？如果是要踏上未知的驚險旅程，那我就更歡迎了。」

我往發出聲音的那個方向——一瞬間逆光讓我感到目眩——仔細瞧，十八跟愛科正站在馬路正中央交叉雙臂、筆直地站著。

「耶……你們怎麼會？」

「因為在研究室看到你的臉啊。雖然沒有瘀青但臉頰有點腫。你又不是那種會打架的人，所以我想一定是被十八揍了吧。」

「因此我就被愛科叫了出來，聽她唸了一頓啦。還有不只是這樣，昨晚朝乃說的話，我到現在還很在意。」

「呃……我說了什麼嗎？」

「只靠我跟未來的心情，根本無濟於事啊——是這樣沒錯吧？當時我還以為只是你多愁善感，不過仔細想想，你也不是什麼文青，大概是有什麼難言之隱吧？不要什麼都想自己一個人解決，這是朝乃你的毛病啊。」

一口氣說到這才停住，十八閉起眼咧嘴一笑。

「別說得一副得意洋洋的樣子。明明是你拿昨晚的事請教我，才察覺到自己過分的行為跟朝乃的真正意思。」

「抱歉抱歉。我冷靜後也好好想了想啦。我想起上週四來酒吧時的未來。她明明那麼喜歡音樂，為什麼沒有唱歌……如果單純只是跟朝乃吵架，應該不會壓抑自己想唱歌的熱情吧——那女孩之前是多麼熱愛唱歌啊。」

「就是這樣，所以我們才一起來朝乃的家找你，結果就看到你衝出來，只能說是時機太巧了。」

「十八……愛科同學……」

這算安心、還是感激？或者該稱為一切都獲得救贖的心情呢……我自己也不大清楚，不過我的眼眶已充滿淚水。

直到現在我才發現，不知何時雨已經停了。鮮紅的夕陽自十八跟愛科背後照來，就像是兩人發出了佛光似地。

「那麼，站在路上也不好講話。我們先到朝乃的家裡，應該可以吧？」

「……我房子裡什麼都沒有喔，如果你們不介意的話就來吧。」

我要向他們兩人說出祕密——我如此下定決心。

◆　◆　◆

[07/18 Wed 20:20]

要說明所有事花費了不少時間。不過不管是十八或愛科，中途都沒有分心，始終聆聽著我的話。

「這還真是令人震驚啊……」

「那女孩……竟然是人工產物。」

兩人都跟我從森巢教授那聽到說明時一樣驚愕。

「我知道一時之間很難相信。」

不過有一點不同，對我說明的對象是人工器官研究權威，而對十八跟愛科說明的卻是身為普通學生的我，能輕易相信我的話才怪吧。

不過——

「不，不管信不信，反正朝乃這麼說了應該就是這樣吧？」

「雖然覺得很荒唐，不過朝乃對我們說謊也沒有好處。況且你本來就是不會對我們說謊的人嘛。」

「……謝謝。」

我對自己只能回應這一句話的貧乏語彙感到很痛恨，不過依然要感謝他們。

「那，朝乃你打算怎麼辦？」

「我想幫助未來。」

聽到十八這麼問，連自己都不敢置信的回應，立刻就化為語言脫口而出了。

「如今的未來雖然記得以前的事，但總覺得她在壓抑自己的心情。也許這是我擅自做出的解釋吧，但之前的未來確實對我有好感。」

「如果是到處亂搭訕女人的痞子這麼說就算了，但既然純樸又老實的朝乃會這麼想，應該是真的沒錯吧。」

「朝乃可不會為了戀愛的事而吹噓吧。」

「……謝謝。還有，我打過一次電話給森巢教授，總覺得他給我的印象……就是未來不可以產生戀愛的情感，可能是為了避免妨礙測試吧。」

「原來如此啊，那具體的對策是什麼？」

「如果能查出未來回去的場所，應該就能知道未來跟教授之間發生了什麼。」

儘管沒有確切的證據，但也只能這麼想了。

「那，查到以後要怎樣？脅迫管理未來的研究員，讓她恢復原樣嗎？」

「不，先等一下，那樣肯定會傳進森巢教授耳裡。這麼一來朝乃又會如何？」

「呃……」

我正打算開口，那兩人便對我瞪大眼。

「……之後的事之後再說。總之先趕緊行動，邊行動邊尋找解決之策吧。」

「哈哈哈！『之後再說』嗎？朝乃雖然很認真，但卻經常船到橋頭自然直哩，你的這種個性感覺倒是不賴！」

「不用事先計畫沒關係，能達到目的就行了。」

仔細想想這種隨便的發言連我自己都會嚇一跳，然而十八跟愛科不僅沒有發怒，看起來還挺高興的。

「不過啊，這還是得慎重行事才好。現在我跟愛科也知道了祕密，要是被發現是朝乃洩漏的，那就鐵定不妙了。說不定未來還會遭遇什麼更糟糕的對待——」

十八說得的確很對。

「是啊，我也想盡量不給你們兩位添麻煩。不過，我還是想做點什麼……大家一起來想個好法子吧。」

一定會有什麼對策的——正當我苦苦思索時……

「呼嗯，這時候就換我出場了。」

愛科自信滿滿地笑起來。

「耶？怎麼說？」

「首先要查出未來的『家』吧？明天傍晚就迅速採取行動。」

「喔——真不愧是愛科！雖然我不知道妳打算幹啥，但只要是妳出馬就絕對不會失誤！」

「明天我要蹺掉研究室。如果兩人都沒出席可能會被發現，所以朝乃你還是乖乖去研究室吧。」

「知、知道了……不過，妳具體打算怎麼做？」

「我之前跟你們提過我在打什麼工吧？」

愛科露出充滿自信的眼神表示。

◆ ◆ ◆

[07/19 Thur 15:30]

「朝乃先生，今天也謝謝你。明天請多指教了。」

下課後，又是送未來離開的時間。她以溫柔的微笑很有禮貌地對我打招呼，接著便走向車子。

她的說話方式已經變這樣了。臉上的微笑也是，就像是套上面具般。完全沒有以前那個未來多采多姿的表情。

我目送著未來坐在後座上並關好車門，車輛靜靜地駛離，自我的視野消失。

就在這之後——

一台公路車自我身旁疾風般地穿過。

愛科絲毫未減速並瞥了我一眼，然後又馬上轉向前跟隨未來坐的車拐過彎了。

目睹這一切後我轉過身，走向研究室。我腦袋裡全是未來的事，就連單純的作業也無法集中注意力，而且跟我搭檔採集資料的愛科今天又不在，但即便如此我還是被迫要去研究室。假造不在場證明的犯罪者，應該就跟我現在的心情一樣吧。

◆ ◆ ◆

[07/20 Fri 3:55]

打工時我依舊無法全神貫注在工作上，不過並不是因為失意而無法振作，應該說我太在意愛科之後的行動而欠缺集中力吧。

就這樣我從飲料吧望向ＤＪ台時，那天的事又浮現在眼前。未來在十八身旁歌唱的那天，奪走所有聽眾的心的歌聲——

為了找回那個，如今有正出力協助我的朋友。光是這樣我的心情就截然不同。

「喂，打工的小弟。」

我轉向說話聲，看見愛科站在那。

「喔喔，是愛科！結果怎樣了？」

結束ＤＪ工作的十八也站到我身邊，對愛科的聲音回應。

「以我現在的心情正想來杯※莫斯科騾子呢，不過今天還是點可樂好了。因為之後還有重要的事要討論。」（譯註：一種以伏特加調製成的酒。）

「所以妳的意思是……」

「是啊。我知道未來的『家』在哪了。」

◆ ◆ ◆

[07/20 Fri 4:30]

打工結束，三人移動到家庭餐廳。首先是愛科先開口發言。

「她『家』在西新宿的摩天大樓街上，租了『友住第二大樓』的廿五樓一整層。」

「不過愛科啊，妳真是了不起。經常跟蹤嗎——」

十八打心底敬佩的模樣。

「才不是呢。只是我平常做自行車送信的打工罷了。」

愛科若無其事地說。

「就是從客戶那裡接資料，快速送去目的地的工作嗎？」

「沒錯。所以這附近的小巷弄我全都記在腦裡了，傍晚時分想用自行車跟蹤汽車也不是不可能。」

「不過，妳都沒被發現？」

同一輛自行車一直出現在照後鏡上應該很可疑吧。不過愛科的回答還是很明快。

「我跟打工同伴用手機免持聽筒聯絡，輪流繞到對方的前面去。此外我會看準時機鑽進小路，跟同伴交換自行車。就連安全帽跟運動服也換了。這樣換過三次，應該不會被發現才對。」

「竟然做到這種地步！而且妳在馬路邊換衣服！咕～好想看啊——！」

「少蠢了。花的時間大概就二十到三十秒吧，而且一開始就穿了三件衣服，只是一件件脫掉罷了。雖然在脫第一件前會很熱、很難活動，感覺不舒服就是了。」

恐怕愛科從昨天早上開始就一直在想這個計畫了吧，只能說真不愧是她……

「愛科同學，謝謝妳。」

「你在說什麼啊朝乃？接下來才是重點吧。」

「喔喔，話說得沒錯。現在知道地點了，所以要潛入嗎？」

「樓層是看電梯的樓層顯示確定的。接著，我就在那裡埋伏。」

「埋、埋伏!?」

沒有想到她竟然這麼大膽……

「嗯。首先應該是坐在車裡的那兩個男人從那樓下電梯。這時是二十時四十二分。接著則是令人很感興趣的傢伙搭電梯到未來『家』的那層樓。」

令人很感興趣的傢伙。光是聽到這個詞，我就知道是誰了。

「森巢老師……是吧。」

「完全正確。森巢教授是廿一時卅八分進去的，廿二時十六分下來，然後大約兩小時後的廿四時五分，三名男子從那層樓下到一樓。之後我又一直監視到淩晨三時三十分，都沒有人再進出。」

聽愛科如此縝密的調查結果，我與十八都出神得忘了說話。

「……怎麼了？你們怎麼都悶不吭聲啊？」

「呃，妳連時間跟人的出入都這麼仔細確認過，我無話可說了……」

「真是了不起！愛科，妳可以成為傳說的偵探啊！」

「別說偵探什麼的好嗎……我對那沒興趣。本來資料這種東西就是要正確並盡量多收集，然後才能藉此證實理論吧？你們明明是理科學生跟理科肄業，卻對我做的小事過度高評價，我真感到遺憾啊。」

的確正如愛科所言，不過我佩服的並不是資料的正確與豐富性，而是愛科的執行力。能安排理想計畫的人很多，但能實際去做的人就很少見了。

如果我也有愛科這樣的執行力，在事情變棘手之前搞不好就能採行對策……為了幫助未來。

「朝乃同學，現在可不是莫名其妙擺出陰沉表情的時候啊。剛才也說過，接下來的行動才是重點。」

「是啊——是啊——朝乃！如果不潛入愛科找到的未來她『家』，就不知道她會被那些人怎麼樣。不過按照常識思考……」

「嗯。你是說保全系統的問題吧。幸好那裡的一樓門廳租給便利商店，頂樓又是整晚營業的酒吧，所以廿四小時都有人進出大門，也能隨便搭電梯。」

「愛科，妳搭電梯上去了嗎？」

「搭了。不過不是到廿五樓，而是試著在廿四樓與廿三層出來。保全系統都是要在入口刷IC卡。我猜廿五樓也是一樣。」

「雖然是很常見的保全系統，不過依然很嚴密。IC卡可是相當難偽造。」

難得愛科都幫到這種程度了。結果卻在這裡走進死胡同嗎……

不，不能在這裡結束。

「……總之我們先去看看吧。地點已經知道了，不如放手一搏。乾脆踢開門闖進去，看看他們對未來做了什麼事。」我這麼說。

這種舉動聽起來既離譜又亂來。甚至根本不確定能否做到。但如果我不做，總感覺會變得寸步難行。

「慢著慢著，朝乃，不是我要趁你難得這麼衝動時潑冷水，不過這裡就交給我吧。」

「……？」

平常總是胡說八道的十八勸戒我，他閉上眼露出自信的笑容。

「偽造卡片根本不可能吧？那要怎麼進去？」

「我剛才是說相當難偽造，但並不是不可能偽造啊——」

十八猛然從椅子上站起來。

「事不宜遲，就在早上以前解決掉吧。」

◆ ◆ ◆

[07/20 Fri 4:55]

「話說回來……虧你能在這麼亂的房間裡睡覺。」

「人類只要累了不論哪都能睡吧？喔喔——！愛科小心不要踩到地上的東西！妳右腳前方是我前天剛買的樂譜，另外左腳後方是我辛苦找到的絕版唱片，絕對不能踩到！」

「你叫我不要踩，可是地板露出來的面積也太小了吧！」

不管何時來十八的房間都亂得不像話。不過十八本人似乎能精確記住什麼東西放在哪。「反正很少有客人來，收拾也沒有意義——有那個美國時間不如去練ＤＪ」——這就是十八的理論。

「那麼……來幹活吧。」

一旁的長桌放著轉盤跟混音器，再來則是液晶螢幕、數位ＤＪ播放機。狹窄的空間擠得滿滿的。十八很辛苦地縮到桌子下打開ＰＣ電源，沒過幾秒就啟動完畢。

「簡單說就是要打開門鎖吧。我一下就可以搞定。」

螢幕上出現命令列。十八靜靜地將雙手放在鍵盤上，呼地用力吐了口氣，接著猛烈打字起來。

「你的打算是？」

「首先要潛入大樓的保全系統……好，負責保全系統的保全公司到大樓的網路是走……這裡嗎？」

命令列以驚人的速度翻頁滾動。

「ＩＤ設在保全公司的伺服器裡。到這裡都跟我猜的一樣。不過，ＩＤ當然有加密。接下來就要看我的本領了。」

「我說十八啊，你怎麼那麼快就能入侵保全公司的伺服器跟大樓的伺服器？」

「別小看我。這算簡單的了。畢竟是人類輸入的密碼，能記住的位數有限。不過ＩＤ卡的密碼就不同了。那種機器與機器間溝通用的密碼，複雜程度根本是天壤之別。」

「反正不管怎樣，你都有法子吧？畢竟你可是……」

因為地上東西太亂而動彈不得的愛科這麼對十八說。

「當然囉。這時候就要叫出王牌了。」

十八回答時並沒有停下手。

「退學前我入侵了大學的技術計算用伺服器，並留下了後門。只要連上那裡，就能同時使用首都內五部共同研究用的伺服器。學術研究用的伺服器是彼此完全信賴的。所以一下就能闖進去了。」

十八若無其事地說著誇張的話。

「真虧你能找到後門。不過你退學已經將近一年了吧。」

「不必擔心，我還裝上了晶片。」

「嗄!?」

十八口中的「王牌」已超出了我的想像。

「我偷偷把通信設備的晶片換成了我自製的。伺服器的內部會因為運作需要而不時更換零件，不過對外的通信設備只要沒壞就不會被換掉，大概會一直用下去……好，我進去了。」

我也聽說過有這種手法，但沒有想到眼前的男人竟做過這種事……

「十八，你退學果然太可惜了。你退學的時候，教授跟其他學生們都說學校裡少了一位資訊處理的天才。你為什麼要退學呢？」

「我可不是天才，只不過是很有毅力罷了。我高中時就很迷這個，入侵過許多網站，就只是為了找樂子。因此，我後來還選了資訊系很高分的大學。老實說我並不討厭做這些事，但現在酒吧的工作要比弄這個有趣一萬倍。那種把自己逼到極限的緊張感真是教人按捺不住啊。」

十八邊回答愛科，邊從桌底下挖出器材。

「……兩位久等了。未來的家跟保全公司的通信紀錄，我已經複製完成。接著就只要在ＩＣ卡中寫入剛剛找到的ＩＤ便行了。」

「卡的規格一樣嗎？」

「一樣啊。這間保全公司用的空白卡片，我保存了十張左右。這台讀卡機也跟那家公司現在所使用的同樣類型。」

「等等，你為什麼會有那種東西啊？」

「那還用說。保全公司的機器跟卡片也需要進貨的上游。況且，那些上游公司的社員並沒有這麼認真。總之，大家各取所需嘛。」

「……」

還是不要問十八是怎麼賄賂那些不良社員的吧。真不敢聽啊。

「好，卡片做好了。不過做到這種地步，勢必會在大學的伺服器留下痕跡，以後就不能再用這招了，雖說為了這個派上一次用場也值得了。」

我輕輕握住從十八手裡接過的偽造ＩＣ卡，在手掌上的卡片感覺比實際的重量更加沉重。

「從開始入侵還不到一小時……真是驚人的能力。用暴力破解法不可能這麼快吧。」

愛科發出感嘆之聲。

「那就得靠我的天賦大爆發了。我可是有特別的破解演算法。」

十八得意地用鼻子哼了幾聲。

「真是的。我也不想囉嗦，不過我還是忍不住要說幾句。你退學真是太可惜了，DJ也可以當副業嘛。為什麼要輕易放棄學業（drop out）呢？」

這是很正確的指責。正因為是正論，一般被指責的那方都會感到厭煩。

不過十八卻高興地笑了。

「對對！說得好愛科！『drop』就是誕生的意思吧？而『out』則是飛到外面的世界之意。兩者結合起來真是最棒的片語了！」

「……呼呼。」

儘管是十八自己亂編的翻譯，不過愛科聽了只是一愣，隨即輕笑出聲。

「好吧朝乃，事前準備都完成了。」

「是啊，太感謝了。」

我們離開十八的房間，向西新宿出發。

目的是為了弄清楚未來發生了什麼事。

◆ ◆ ◆

[07/20 Fri 6:25]

愛科找到的大樓，像是要切開已經開始變亮的天空聳立著。

「廿四時五分出去的三人恐怕是最後一批，現在『家』裡應該沒人才對。」

「妳怎麼知道？」

「下樓的三人並沒有搭計程車或開自己的車，而是徒步往車站的方向，以時間考量，下班應該是為了趕上末班電車。」

「是啊。剛才偽造卡片的時候我確認了發卡數量，一共是六張。」

六張——森巢教授、車裡兩名男子、從裡頭出來的三人——恰好吻合。

從門廳到電梯間，我都盡量看著前方並若無其事地走過去。大樓裡應該到處都有監視攝影機，不過我完全不理它。

我以衣襬擦掉掌心的汗並搭上電梯。急速的上升感，讓耳朵感受到氣壓的變化。樓層顯示到廿五樓停住了，電梯門打開，眼前出現附有保全裝置的入口。

「……你們倆為什麼也跟來了？」

隸屬同一研究室的愛科姑且不論，就連十八都踏上了險境。如果被發現他們跟我一起前往測試「現場」，我也不敢確定之後他們兩人會被怎麼樣。不，話說回來，我連假使森巢教授知道我潛入這裡時──我覺得這種可能性很高──我會有什麼下場都不知道。

「這就是所謂的同舟共濟啊。說不定還有我能幫上忙的地方，總之，我可不想再看到你那張苦澀的臉了。」

「那、那還真是對不起妳……每天都要讓妳在研究室看到我。」

「果然啊，該怎麼說哩，朝乃就是沒有我跟著不行啊！打工也一樣！」

「不，等一下，平常都是我幫你處理搞錯客人飲料的善後。只是這幾天反過來罷了……」

很明顯他們兩人都在擔心我。

「趕快開門吧朝乃。你以為我是為什麼才幫你做ＩＣ卡的？」

目前是清晨六點半。不知道昨晚回家的人什麼時候會回來這裡「上班」。因此我們還是得分秒必爭，早點進去確認未來的狀態。然而……

「「都到了這種地步還在考慮不把我們牽扯進去嗎？」」

十八跟愛科幾乎是異口同聲地說。

「是啊，我是那麼想沒錯。你們都幫了我那麼多忙，但我不想再把你們捲入未知的事，製造你們更多的麻煩。萬一出了什麼事我又負不了責任。」

或許這是冷漠、獨善其身，又矛盾的藉口。不過，我只能想到這種說法。

「你在胡說什麼啊？首先，我可是覺得有趣才參加的唷。」

「朝乃你太小看我囉——只要沒有生命危險，對我來說各種意外事件都像在玩遊戲，或者說出任務！耶！」

「你們兩個……」

我無言了。再反駁下去就好像在撒謊了。我只能說，我再次確認了他們兩人是我最好、最無可取代的同伴。

「……我明白了。要開門囉。」

我以十八偽造的ＩＣ卡刷過感應器。

馬達的啟動音短促地低鳴一下，接著就是喀噠的解鎖聲。

打開門進去，室內有微弱的光線。房間的擺設顯得有些空曠。地板中央附近放了幾台像是醫療儀器的主機櫃，也有幾張設置了ＰＣ的辦公桌，至於被它們圍在中間的是——

——一張像手術台一樣的床，閉著眼睛的未來躺在上頭。

「未來……未來！」

我觸電似地衝過去叫她，但她沒有反應。

「未來，是我。我是朝乃。如果聽得到就睜開眼睛。」

我抓住她的肩膀輕輕搖晃，然而未來的眼皮動都沒動。失望之餘我稍微恢復了冷靜，並察覺到她的異樣。未來的身體裡伸出無數條纜線，全都接上了圍繞著她的那些機器。這簡直就像電視劇裡看過的加護病房患者一樣。光看就讓人心痛不已。

「冷靜點朝乃！最好不要因為衝動而亂碰東西，首先還是從這裡找紀錄吧！」

十八邊說邊迅速在ＰＣ前坐定，開始快速打字。我內心是很著急沒錯，但還是先暫時移動到十八旁邊。

「ＰＣ是廿四小時啟動的啊，這個……好像是即時監視未來狀態用的。」

「十八，電腦裡的紀錄呢？如果沒有紀錄就不知道他們對未來做了什麼。」

站在相反一側的愛科提議道。那兩人比我冷靜多了。

「我正在找。『０６１９　１２００』……是指六月十九日正午嗎？『啟動檢查　正常　ＥＭ數值　０　錯誤率　０．０００　現場測試開始』……喂朝乃！你還記得六月十九日的事嗎？」

「六月十九日……就是我跟未來第一次見面的那天。」

「嗯？這個工具是以每天的變動量來繪製圖表的……」

十八點擊看起來像是代表折線圖的按鈕，結果畫面便出現了圖表。

「日期是……從０６１９開始到０７１９結束。」

圖表上有許多以顏色區分的折線。

「這個數值是……六月廿八日起至卅日急速上升，七月一日再度急速上升。接著二日幾乎是橫的，到了三日又上升……『錯誤率』？不，慢著，這變動幅度是怎麼回事……？三日那天上升到０．９９８，接著到了隔天的四日又降回０．０００，而五日又是０．９０２，六日則是０．３０４……這之後到昨天為止都是維持在０．２到０．５之間。」

我目不轉睛地盯著圖表。

那是由於，錯誤率數值大幅變動的期間，恰好跟我覺得未來有異樣的時間完全一致。

「其他數值的變動呢？溫度幾乎是固定……這是體溫吧。這邊這條線……六天內一直上升，到每週一又重複歸零，這大概就是朝乃提過的高分子液體劣化指數吧。」

「嗯，我也覺得沒錯。她如果不更換那個好像就不能動了。」

「這條紅線又是什麼？ＥＭ值……從六月十九日的零開始到七月三日幾乎是按比例直線上升，一路來到98。然後在四日又突然降到３，五日是35，之後到十九日則緩緩下降……昨天的時候則是9。」

我不懂十八讀出來的數據有何意義。我唯一能理解的，就是在這兩個數值激烈起伏的當中，未來的態度不變。

「七月三日到五日之間的變動幅度有夠大，真教人好奇啊。如果能解讀出這個區間的詳細記錄搞不好就能知道什麼哩——」

十八邊這麼咕噥邊操縱著滑鼠，螢幕切換到似乎是詳細記錄的備考文件。

「呃……七月三日是……『錯誤率0・998 距臨界值0・002 緊急關機』。七月四日『重新啟動 錯誤率0・642 恢復至可繼續測試區 為預防錯誤設置EM值上限』……感覺就像因為出錯才重新啟動嗎……？」

「那既然如此為什麼七月五日的錯誤率又增加了？而且還比之前增加更劇烈？」

「別急，我接著打開詳細紀錄。『七月五日 大量預期外的錯誤 原因不明 錯誤率0・902 距可繼續實驗臨界值0・098 緊急關機 為抑制EM值而安裝函式庫 成功 錯誤率降低至0・002 恢復至可繼續測試區』……關於這部分你有什麼想法嗎？朝乃？」

「我不懂……雖說我不知道為什麼，但這段時間與未來樣子變得很奇怪的時期正好一致。」

沒錯。未來產生了異變。當異變發生後，我跟未來就無法像以前那樣心靈相通。就像是彼此情緒產生分歧，差異逐漸擴大一樣。後來的日子一直是如此。

「函式庫……函式庫是指啥？其他文件或許有記述吧……」

房間暫時只有敲打鍵盤的聲響，一會兒後，十八停下手邊動作。

「……是這個嗎？『思考函式庫　Ｎｕｍｂｅｒ１　ｎｏｒｍａｌ　Ｎｕｍｂｅｒ２　ｄａｒｋ　Ｎｕｍｂｅｒ３　ｓｏｌｉｄ　Ｎｕｍｂｅｒ４　ｌｉｇｈｔ　Ｎｕｍｂｅｒ５　ｓｗｅｅｔ　Ｎｕｍｂｅｒ６　ｖｉｖｉｄ　Ｎｕｍｂｅｒ７　ｓｏｆｔ』……」

七種思考函式庫——就是這些締造了未來的「心」？

「各函式庫的操作紀錄為……從Ｎｕｍｂｅｒ１到５都留有最近的紀錄。只要往回找應該可以搜尋得到吧。Ｎｕｍｂｅｒ６在這一個月調整了六次。Ｎｕｍｂｅｒ７是一次。」

「所以，出錯的原因就是Ｎｕｍｂｅｒ６……是嗎？」

「先等一下……『七月五日　函式庫Ｎｕｍｂｅｒ６　ｖｉｖｉｄ　失控　函式庫刪除』是這個嗎？」

「函式庫……刪除……」

我不自覺重複十八的話。接著我陷入沉思。

「讓未來變得安靜是因為思考函式庫……也就是感情的一部分被刪除了嗎？」

對著隔壁ＰＣ的愛科沒停下手邊動作如此說道。

「是啊，我也這麼覺得。儘管詳情還不清楚，不過八九不離十了啦。透過安裝七種思考函式庫……藉此重現人類情感的多樣性吧。也就是說這些函式庫是未來產生情感的源頭。此外Number6似乎就是出錯的原因，所以才暫時把那個刪除？」

他們對未來做了這種事啊……

我覺得十八的推測是合理的。照這種邏輯，到目前為止的一切都能獲得說明。

但我依然不能接受。

為了教授的方便而剝奪未來一部分的感情。這種事我無法允許。

「……十八，能夠再度把函式庫Number6裝回去嗎？」

如今比起對教授的火熱怒意，還有更該先做的事。那就是讓未來恢復到原本的狀態，只要Number6能復原，那未來就會變回從前的樣子吧？我會這麼想也是很自然的。

「我也在想同樣的事……不過我找不到那個思考函式庫。不只Number6沒有，其他編號的一個也找不到。」

十八停止動作這麼說。

「不管用什麼檔案名或藏在哪個隱藏資料夾下，我都有自信能找到……結果竟然完全沒頭緒，混帳……嗯？」

十八的樣子由焦躁變成發現到什麼。

「找到了嗎？」

我也不禁把臉湊近螢幕。那上頭顯示打開的文件檔。

「『初音未來　思考函式庫概要』……『函式庫並非軟體而是以硬體構造安裝』，所以函式庫是ROM嗎？『不同硬體間的函式庫不可複製　當反安裝的同時會失去構造　故無法再次使用』？這種設計我根本沒聽過。不過如果這裡寫的得沒錯……」

「……被刪除的Number6就再也找不回來了吧。」

不存在的東西當然無法恢復。真的已經沒辦法了嗎……？

就在這時，愛科輕輕叫了一聲打斷我的思考。

「你們兩個，來看這邊的終端機！」

在我跟十八追查詳細記錄時，愛科自己好像也在探索其他PC的樣子。我們呼應她的叫喚來到她操作的PC前。

「這、這是什麼……？『【刪除】思考函式庫Number6　姓名　初嶋音巴　性別　女　人格取得時年齡　十六歲三個月　住址　山梨縣甲府市○○』……？」

——這是什麼？住址？姓名？

「附屬資料夾裡還註明了身高、體重、血型、過去八年的學力測驗結果、家族構成，以及DNA指紋。」

裡頭有非常詳細的個人資料。

「這玩意兒是……事情的發展走調了啊。」

十八苦澀地咕噥著。

「你們怎麼想？這像是為了製作人工智慧，所以人為做出來的細部設定嗎？但如果是那樣……」

平常總是很冷靜的愛科也難得困惑起來。

「我覺得不是。這個應該是……」

「……實際存在的對吧。真的有一位叫『初嶋音巴』的女生。」

我接著十八的語尾說道。

沒錯，這份資料所顯示的——未來的感情與言行，並不是純粹由人工智慧計算出來的結果，而是有基礎範本的真人存在——

森巢教授對我的說明是騙人的。

或許我一直在抑制自己感受到的東西。

客觀地思考，一開始我所遭遇的情況就很異常。

純粹的計算機能做到那麼類似人類的舉動嗎？

「……也就是說未來並不是純粹的人工智慧。而是以實際存在的人類人格為基礎，然後使其成長、組成的嗎？」

「愛科，交棒。」

「嗯……？唔哇!?」

不等愛科站起身，十八便硬生生拉過椅子。剛在愛科讓出的位子坐下，十八便以猛烈的速度移動滑鼠。

「幹嘛這麼急啊？」

「以人類為原型、最後才製造出那種成果吧？稍微動點腦筋就能明白那可是禁忌喔？畢竟要把一個真人調查得如此清楚耶。」

確實沒錯。把實際存在的數個人格組合起來，得出幾乎跟真人沒有差異的反應，不管怎麼看都像活人且擁有四肢的人造人——

「其他函式庫一定也有作為範本的真人。擅自盜取他人的人格來使用……這應該可充當與教授談判的籌碼吧。」

因製造者需求而製造出來的人造人，或許能代替本人來工作。也有可能被運用在犯罪上。使用的方式還有其他許多種。然而最大的問題是，被使用的人造人並不是單純的機器人，而是擁有感情與人格的存在。未來就是最好的證明。擁有與人類相同人格的存在，為了所有者的方便被任意使用，這種事可以允許嗎？雖說是人工產物，但那並不等於奴隸。假使用對待奴隸的方式驅使，就等於是踐踏作為範本的人類人格了吧。

「可惡，比想像中還花時間……」

拚命操作著ＰＣ的十八身邊，傳來了輕微的衣服摩擦聲。

我轉過去看——抬起上半身的未來正睜開眼睛望向這邊。

「未、未來……！」

我察覺後不禁高聲喊道，十八與愛科的視線也投向未來。

「唔喔——!?我們太大聲了，所以才把她吵醒了？」

未來平靜地開了口。

「我就算身體睡著了也能聽到聲音，也能思考。」

她面無表情地淡淡說著。

「……從紀錄看未來只被關機了幾次。也就是說剛才的狀態以ＰＣ來譬喻，就是所謂的『休眠』吧？」

未來無言地頷首。

「未來……現在妳覺得怎樣？妳對妳自身的事瞭解多少？我想知道更多關於妳的事。我必須知道才行。」

儘管我像是祈禱般追問她，不過……

「……我也不知道我對自己理解多少。不過比起昨天以前，我已經明白自己是什麼了。」

未來繼續說下去。

「剛才，大家看過了我的回憶。用那種方式被看到還是第一次，我認為那就是契機。」

「可能是因為我用正常方式以外的手段入侵紀錄，造就了妳的自我參照型邏輯迴路……」

「是的，應該吧……所以我甦醒了……啊……」

未來欲言又止。隨後是片刻的沉默。

「……十八先生非法入侵資料庫已經被發現了。大約六分鐘後警衛就會來到這裡。請大家離開吧。」

「妳說啥⁉」

「未來目前跟那裡的ＰＣ有連接，所以可以得知我們被抓包的事吧。」

「現在可不是佩服她的時候啊愛科，只剩六分鐘了耶。」

「先逃出去以後再回來……應該不可能吧。同樣的手法不能用第二次。只要從這裡出去了，就代表幾乎不可能再進來。剩下的時間要做什麼，現在得立刻決定才行。」

「千萬別慌了手腳，馬上開溜的話他們也無法掌握我們的身分。所以直接從這裡出去就行了……喂，朝乃，你覺得怎麼樣？」

沒有時間猶豫了。現在不得不做出決定的人，是我。

我想做什麼？希望得到什麼——？

我決定好了。

「……未來，我是來帶妳走的。跟我一起離開吧。」

我只花了一下子便說出口，沒經過什麼掙扎就確認這點。來這裡的時候，我就覺得自己的心意已經很穩定了。那種湧現的情緒無法遏抑。

我希望未來能再度恢復開朗。然後我還希望能跟恢復朝氣的未來永遠在一起。

「我也想跟朝乃先生一起走。」

她以儘管平靜，但卻斬釘截鐵的口氣回答。我暫時忘了現在的困境忍不住高興起來。

「朝乃先生，ｖｉｖｉｄ是必要的嗎？」

「啊……嗯。因為只要有ｖｉｖｉｄ，妳就能恢復原貌了。」

被本人這麼鄭重確認，我一瞬間有點困惑。

「我瞭解了。如果能與Ｎｕｍｂｅｒ6的範本……那位初嶋音巴接觸，我想我自己就可以再建立起函式庫，重新安裝回去。」

未來剛才說「已經明白自己是什麼」，所以這句話在某種程度上應該代表有把握才對。

「我也想把失去的心找回來。」

就賭上未來的這句話吧。

「現在時間是清晨六時五十分……還有四分鐘警衛就會來這個房間。朝乃先生、十八先生、愛科小姐，大家快點走吧。」

她強而有力地提議道。

跟之前的未來稍微有點不同，不過並沒有失去積極性。

「去找出基礎範本『初嶋音巴』。以人類為基礎的思考程函式庫肯定有製作的方法，只要再做出相同的東西……」

「朝乃，你應該有自覺自己說了很一廂情願的話吧？」愛科說道。

「嗯。不過，那是勢在必行。」

如果不借用一下他人的人格未來就無法恢復原貌。至於這是不是正確的事，我也不知道。總之……我不能放棄，千萬不可以放棄。

「我瞭了。如果這是朝乃的真心話，是你想讓未來幸福所想出來的結論，那我就助你一臂之力！」十八這麼說。

「也就是說你的決心不會動搖囉？那我也只能幫忙了，我會盡全力。」愛科也跟著附和。

「……謝謝你們。」

對於我那有勇無謀的意志，他們兩人也跳進火坑了。

「我行我素也不全然是壞事，尤其是像朝乃這樣的傢伙。愛科，趕緊把剛才的住址抄下來！」

「我已經用手機拍好了！接下來呢!?」

十八跟愛科在我說完的同時就已急速採取行動。

「把這台ＰＣ關了！打開機殼側板，拔出所有硬碟！帶著那些玩意兒逃命！」

「為什麼要這麼做？這樣很浪費時間耶。」

「我想繼續剛才未完的工作。雖說Ｎｕｍｂｅｒ6已經消失了，但如果更仔細檢查紀錄，或許能以其為基礎重新建構起硬體。此外我們還得徹底調查硬碟裡的資料，確實掌握安裝硬體的方法才行吧？」

「我知道了！把螺絲起子給我！」

「十八、愛科同學，ＰＣ的事就拜託你們了！我去找逃跑的路線！」

我小跑步穿過他們兩人身旁時，十八已拔下兩顆主機裡的硬碟，並協助正在關機的愛科。

「有火災用的緊急逃生口！不想碰上警衛的話就走那裡！」

「我這邊也拔完了！」

我們從緊急逃生口離開房間，通過樓梯跑出大樓。

接著又全力奔跑，一路抵達新宿中央公園。回頭看並沒有發現人影。看來已經暫時甩掉追兵了。

「朝乃，你帶未來去車站。差不多是通勤族要出門的時間了。你們混在人群裡頭，就算被警衛追到，他們也不敢亂來的。」

「我回自己家裡，幫未來準備更換的衣服，穿同樣的服裝會提高被發現的可能性。」

「我知道了。那，我們就先去車站東口的驗票閘門那附近等……嗯？」

口袋裡的手機震動起來。

我滑動液晶螢幕，那上頭顯示著森巢教授的名字。

「這個時候打電話來。肯定是曝光了！」

「朝乃，別接這通電話比較好！」

看到畫面顯示的兩人紛紛叫起來。

「不，我要接。」

也許不接比較聰明，不過我有事想問。我緊張地吞了口口水，按下通話鈕。

「……你吃了熊心豹子膽啊。沒想到你是這樣的人。」

那是我的台詞才對吧。

「森巢老師，這是怎麼回事？為什麼你要隱瞞以實際存在人物為範本的事？」

「因為那對進行現場測試的你來說是不必要的資訊。不，甚至該是說有害的資訊。那點看你現在的態度就能明白了。」

「那……為何要瞞著身為測試者的我修改未來？」

「我以前提過，能跟你說明的事都已全向你說明了。沒有什麼好再對你說的。」

「那種說法我不能接受！不論技術如何高明，可以像這樣隨便操縱他人的心情嗎!?」

「因為你的資料顯示適合當測試者，我才邀請你加入我的研究室。沒想到你竟然這麼感情用事，看來調查功夫還是不夠。現在我就解除你的現場測試員職務。馬上會有人去接你們，你跟初音未來都待在原地不要動。」

我不會再聽從你的指示了——原本我是要這麼說，但一旁的十八搶過手機，迅速關掉電源，接著又打開背蓋，拔下電池。

「總之就讓他們認定剛才我們待在這，以為可用GPS逮住我們好了。如果我站在對方那邊，勢必會利用入侵手機通訊網路進行追蹤。」

「那我們趕快走吧。那，就在剛才說好的地點碰頭。」

愛科也把自己的手機電源關閉，把電池拔出來，轉身跑掉了。

「朝乃，快去車站！還有要注意周遭的視線！我去準備要給你的東西，等會兒就馬上去車站！」

十八也跑開了，我與未來一起加緊腳步離開公園。

◆　◆　◆

[07/20 Fri 7:40]

新宿的地下街擠滿了通勤族。

「久等了朝乃！這個拿去。」

十八發現站在道路角落的我跟未來，於是穿過人群靠近，將一支手機遞過來。

「至於朝乃你的手機嘛……對喔。剛才搭計程車時我打開電源，塞在車椅墊下面了，那或許可以暫時充當誘餌，如果能爭取到時間就算運氣好吧。」

森巢教授會利用我的手機追蹤是很容易預期的，因此十八為了聯絡方便，準備了另一具不會扯我們後腿的手機。

「這個，是給未來換的衣服。換過衣服他們應該會比較難找一點。」

跟在十八後面抵達的愛科把紙袋塞給我。

「還有……這個。」

給未來綁頭髮的緞帶——原本的在衝下安全梯時半路上解開丟掉了。

會那麼做是因為十八看過操縱手冊的一部分，上頭註明那條緞帶是非接觸型的通信設備。所以現在的未來是放開頭髮的狀態。

「果然少了這個就不像未來了呢。雖然跟之前說要換衣服的話好像有些矛盾就是了……」

愛科邊說邊繞到未來背後，用粉紅色的緞帶幫她束起長髮，又恢復過去未來的髮型。

「謝謝妳。」

未來低聲但彬彬有禮地向愛科道謝，接著抬起臉望向我。

「好了，走吧。」

我感覺到彷彿催促我、從背後推著我的視線，因此那麼說道。

「去吧，朝乃。再磨蹭下去上班交通尖峰就要結束啦。我覺得一定會有追兵，趁現在混入人群裡逃脫吧。」

「我跟十八也要暫時躲起來避避風頭，朝乃就不必顧慮我們了。」

「顧慮到萬一朝乃沒辦法見到初嶋音巴，我先勉強尋找從零開始製作函式庫的方法。先來分析剛才拔出來的硬碟吧。」

從大樓離開還不到一小時就安排好接下來計畫的那兩人，並排著對我咧嘴笑道。

「我知道了。謝謝你們兩位。」

出發，去找那位女孩。不過就算能順利讓ｖｉｖｉｄ函式庫恢復，之後回東京森巢教授也不會放過我跟未來。且話說回來，一直逃亡也太不切實際了。也就是說，再之後該怎麼辦我目前也還不知道。唯有一點可以確定——總之現在要先去見那女孩，不這麼做不行。

「朝乃先生，不要坐八點整發車的特急列車，改搭七時四十八分發車的中央線快速列車吧。萬一我們要去甲府的事被發現，而且在特急上被逮到的話，每一次靠站時間隔太久會害我們無路可逃的。」

未來冷靜地提議。不過……

「我可以問一件事嗎？」

「什麼事呢，朝乃先生？」

雖然於心不忍，但我必須先搞清楚這點。

「我並不想懷疑妳的心情，不過妳明明是教授他們製造的人造人，為什麼想背叛他跟我們一起走？」

未來閉起眼思考了一會兒，再度睜開眼時這麼說道：

「因為我想幫朝乃先生的忙。無論如何，我都想這麼做。」

她臉上露出並非出於開心，而是對什麼已經了然於胸的微笑。

「……未來，我可以插一下嘴嗎？」

愛科也微笑著說道。

「要為了某人而行動就得先是為了自己才行，要為了自己而行動也得先是為了某人才行。」

未來恢復認真的表情，聆聽愛科所說的話。

「或許聽起來矛盾，但其實並不矛盾。以前的我也不懂。但我希望現在我可以理解。未來要是也能體會出來就好了。」

「……是的。」

愛科的話具體而言是什麼意思，老實說我並不明白。不過，隱約可以感受出她想傳達的內容。或許未來也有同感吧。

與他們兩人分手後，我與未來走向中央線快速列車停靠的下行月台，搭上人滿為患的電車。

至於目的地則是——山梨縣的甲府。

◆　◆　◆

[07/20 Fri 8:20]

車內的擁擠情形在過了三鷹站後緩和許多，經過國分寺站人又變得更少了，因此始終站著的我跟未來現在可以並肩坐在椅子上。

終於能鬆口氣了……我現在大概就是這種感覺。我偷偷地去看坐在旁邊的未來的表情，只見她一臉沉著，似乎在看著旁邊窗外飛過的景色。

在那之後大約二十分鐘，我們都無言地搭著電車，最後到達了高尾站。

「現在是八點四十五分，離轉乘還有兩分鐘。」

未來什麼也沒有看，憑空指引了我下一步怎麼走，看來她的地理情報和時刻表這些資料並沒有被刪除。

「謝謝，都來到這了，應該沒有關係了吧？」

「我覺得他們發現我和朝乃先生去甲府的事可能性很低，而且，如果要是這件事曝光，他們發現到我們的話，應該很快就會接觸了，所以現在應該沒事的。」

未來的語氣非常可靠而有條理，不過她就像是要讓我安心一般，露出平穩的微笑對我這麼說道。

「朝乃先生，請借我你的錢包。」

「嗯？為什麼？」

「之後會向你解釋，現在離轉乘已經沒有多少時間了。」

我懾於她的氣勢，從口袋裡拿出錢包給她。未來接過錢包後便小跑步離開，此時列車也進站了。

當列車停下來打開車門時，未來像看準時間似地回到我身邊。

「來，請在電車裡喝這個吧。」

未來掛著微笑，手中拿著寶特瓶裝的運動飲料。

「下了那麼多層的樓梯，又從西新宿站一路跑到東新宿站，我想朝乃先生嘴巴一定很渴了。所以請你喝這個吧。」

「謝、謝謝……」

我們再次在座位上相鄰而坐。我轉開五百毫升的寶特瓶飲料的瓶蓋，一口氣灌掉了半瓶。

「呼……」

喝下飲料後，我不自覺發出了聲音。口渴的原因也有一部分是因為緊張的緣故，總之正如未來所說，我的嘴巴相當地乾。雖然途中也有從自動販賣機或是商店買飲料的機會，但我腦中並沒有餘裕去顧及這些。而未來似乎為我注意到了這點。

「朝乃先生，美味嗎？」

「……」

「嗯，很美味，托未來的福，讓我不至於渴成人乾了。」

以前好像也有這種問句，當時是在未來第一次吃拉麵的時候吧？

我一道謝，未來便像是鬆口氣似地，表情和緩下來。

「能幫上忙實在太好了。」

想幫忙——嗎？

「妳在新宿站時也這麼說過呢。」

「咦？你指什麼呢？」

「呃，就是妳說想幫忙啊。」

「是啊，為了朝乃先生，我想盡我所能。」

「謝謝妳。不過，妳不用這麼顧慮我，現在最重要的是取回妳被刪除的心……」

「對不起，朝乃先生。」

我話還沒說完，未來就悲傷地道歉了。

「為什麼要說對不起？妳也是犧牲者，或者該說……妳的心有一部分被消除了啊，所以妳沒什麼好說對不起的，妳完全沒有需要道歉的地方。因此我希望妳不要道歉。」

「……我明白了。我不道歉了。不過，為了朝乃先生，要我做什麼我都願意。因為我就是想這麼做。」

她的話裡蘊含著強烈的意志。未來也很想找回自己吧。

不知不覺中，列車便到達甲府站。

◆ ◆ ◆

[07/20 Fri 10:30]

「讓你久等了。」

未來在車站女廁所換好愛科準備的衣服出來。或許只是讓自己一時安心，也許沒追兵來這麼做也沒其必要，但比起不換衣服，換掉還是比較放心一點。

「那，走吧。」

「瞭解。」

從車站北口出來，只見被厚厚雲層遮蔽的天空日光顯得很微弱。

我們再次確認愛科紙條上的記載。

「初嶋音巴　住址　山梨縣甲府市XXXX－XX　從正前方道路前進六百公尺　抵達山手通後左轉走二百公尺　來到朝日五丁目的十字路口右轉再走一段路就是目的地。」

未來在我身旁一邊盯著紙條，一邊對我解說路線。雖說她失去了某些東西，但地理情報的資料庫似乎仍舊可以運用。

「線索就只有這個地址……最後還是只能『放手一搏』了。」

「為了不讓朝乃先生賭輸，我會盡自己的力量做到最好。」

未來認真地說道。不知她是明白「放手一搏」這成語的意思才這麼說，還是單純按照字面解釋，以為我要去賭博，總之我確實可以感受到她對我的關切。

我很想為未來做點什麼，未來應該也對我抱持相同的心情吧。即便未來本身遭受了如此的待遇，也依然如此……

一想到這，我又有種難以壓抑的強烈情緒。絕對要讓未來恢復原狀才行。

◆　◆　◆

[07/20 Fri 10:45]

「……長谷部？」

跟著未來的導引走，我們來到了紙條上的地址。

門牌上的姓氏不同——不過，如今手上的線索也只有這地址了。

我一掃心中困惑地按了門鈴，便有一名卅五至四十歲的女性出來應門。

「請問，這裡是初嶋家嗎……」

「……我們家姓長谷部喔？」

對方很明顯露出訝異的反應。不過我可不能直接退卻。

「以前應該有姓初嶋的人住在這，您聽說過嗎？我是來找初嶋家的。」

「不清楚耶……我們是半年前搬來這的，對之前住的人不太熟，抱歉。」

對方懷疑的眼神變成了同情的目光，口氣似乎充滿了歉意。裡頭傳來嬰兒——大概是她的小孩——的哭聲。再糾纏下去也打聽不到什麼，而且還造成對方麻煩。

「抱歉打擾府上了。」

我低頭對女性表達歉意，她也客氣地回了禮，接著便靜靜關上玄關的門。

「都直接殺到這裡來了，結果卻無計可施……」

我低聲喃喃埋怨著，恐怕是自己臉上又露出了疲勞、失望的難看表情吧。一旁的未來擔憂地抬起目光望向我。

「或許殘留資料上的地址是錯的。也有可能是愛科小姐忙中有錯筆誤了。所以朝乃先生，請繼續在這附近找找看吧。」

跟我不同，未來並沒有洩氣。她的這種態度激勵了我。老實說，這時明明應該是我要鼓勵她才對啊。

「我去看看附近人家的門牌，搞不好會有『初嶋』……」

正當未來要邁步時——

「我記得初嶋家啊……應該是兩年或三年前吧？已經搬去富士見了。」

背後一名牽著狗的中年女性對我們說道。

「請、請問……您是？」

「我一直住在這附近，跟搬家前的初嶋算是鄰居。我們有時候會把自家多煮的菜分給對方，我也經常拿到初嶋家庭院種的番茄跟蘆筍。」

高雅的中年女性微笑著，像是懷念似地看著天空說道。或許是我先入為主吧，總覺得她散發出誠實的氣息。這也許是個好機會。

「那個……如果您知道初嶋家搬去哪裡，可以告訴我嗎？」

我一鼓作氣問道，中年女性拉住邊吠邊試圖用力抓我鞋子的小狗，並將搬家後的大致位置告訴我們。

「不好意思。因為他們搬家搬得很突然。只跟我打聲招呼說『要搬到富士見去了』，連幾號也沒講清楚。不過仔細想想真不可思議啊，從這裡到富士見，近到就算是我也不過只要走路三十分鐘左右，為什麼要特地搬家呢？」

的確是很奇怪，當然我也不明白理由。我沒有追問下去而是向她道謝，之後我們便離去了。

◆　◆　◆

[07/20 Fri 10:55]

未來很快就找出去那個地址的路。我們並肩——不，未來保持在我斜後方一定的距離，跟著我後頭走。

話說回來，從甲府站走到已經不是初嶋家的長谷部家這當中，我們始終保持這樣的位置。簡直就像她不讓自己進入我的視野，卻依然能時時守候我一樣。

「未來，妳不要走在後面，到我旁邊……嗯？」

我話說到一半，便感覺有水滴在臉頰上。

下雨了。

「雖是小雨，但讓身體著涼就不好了。朝乃先生，請到那邊。」

未來馬上指向幾公尺前的公車站。那裡有不會淋到雨的長凳。於是我們小跑步來到公車站，坐在長凳上。

「跟未來在一起真是太好了。」

這毫無疑問是我的真心話。到此為止未來都強而有力地支援我的行動，所以能跟她一起真的很方便……不過不只是如此。

「朝乃先生，請借我你的錢包。」

「嗯？妳想做什麼？」

「去買傘，請你在這裡稍等一下。」

「呃……妳說要買傘……」

放眼望去，視野內並沒有便利商店。

「前面二百公尺的轉角處有雜貨店。我去一下。」

「可是，未來妳會淋濕喔。」

「我沒事。因為我是人造人。溫度低一點反而比較好。」

說完未來在原地轉了一圈，就像是向我傳達「看，並不會損壞所以請不要擔心」一樣。她輕巧的轉身動作，跟那天在太陽雨下開心跳舞的未來重疊在一起。當時我心裡還想，真是個喜歡下雨的怪女孩……不過或許有這種理由也說不定。

失去ｖｉｖｉｄ函式庫的未來既客氣又安靜，而且經常處於被動。然而今天她在那個祕密的房間裡醒來後，模樣便有點不同。雖然還是客氣又安靜，但言行舉止卻不時能讓人感受出積極的意志。加上剛才對下雨的反應……儘管表面上的印象跟以前不同，但我想她的本質果然還是不會變的。

「我知道了，那，我們一起去買吧。」

我打算站起身。

「不行。朝乃先生是人類，被雨淋濕可能會感冒的。我不要緊，所以就交給我吧。」

未來面露微笑，不過卻有些堅持地說道。我勉強把錢包遞給她。之後未來便好像很高興地跑出公車站。她的腳程真驚人。我望著未來的背影——沒錯，能跟她在一起不只是方便而已。只要跟她在一起，就有一種被她的心意所包覆——像是安全感或滿足感的氣氛，沒法用言語好好說明，總之我的心托了未來的福，感到非常溫暖。

沒多久未來回來了。雖說是小雨，但她的衣服跟頭髮也被淋濕了。

「久等了。」

說完未來在我前面遞出一把傘。

「耶？怎麼只有一把？」

「我淋濕了也沒關係，所以不必浪費錢。」

未來毫不遲疑且滿意地說著，並打開傘交給我。

「那麼，朝乃先生，我們朝目的地出發吧。」
她抓著我的袖口，打算離開公車站。
「……只有我撐傘感覺很怪，妳也進來吧。」
我輕輕握起牽在我袖口上的未來手腕，讓她來到我正側面。
「這、這樣一來朝乃先生肩膀會淋濕……」
「那樣還不至於會感冒吧。哈哈。」
一旁的未來有點害羞地低下頭。

◆　◆　◆

[07/20 Fri 11:10]
中年女性所說的「富士見」地區，從最初去的住戶那要再步行二十分鐘左右。
「朝乃先生，在這裡。『初嶋』家的門牌。」

終於找到了。

我伸手打算按玄關的門鈴，但卻突然僵住了。

要怎麼解釋我們突然從東京來訪的事？關於人造人，關於初音未來，究竟那女孩知不知情？如果那女孩的雙親出來應門，我又該說什麼才好？

不，繼續迷惘也沒用。如果不知道就照實說好了。此外我們為什麼想見就初嶋音巴，也直接跟對方說出理由。

我鼓起勇氣按下門鈴。

結果──沒有回應。我再度按下門鈴，依然沒有反應。

這個時間，家裡沒有人嗎？

「朝乃先生，請看。」

在我後頭的未來站在信箱前低聲說道。

「這是……」

大概是剛才來的時候沒注意到，信箱溢出不少廣告與信。未來輕輕抽出那一疊東西，一封封檢視著。

「喂、喂喂，擅自拿別人家的郵件……」

儘管我想要出聲阻止，但一想到現有的線索或許只有這些，我就沒繼續說下去。要在這裡等這家的人回來，天曉得要花多久時間。

「超市廣告、外送披薩店廣告、郵購目錄、其他許多廣告信……電費、瓦斯費、水費帳單……啊。」

未來手中的那疊郵件飄落下一封信，我蹲下身拾起來看。

「嗯？獨立行政法人……甲府西南醫院？」

◆ ◆ ◆

[07/20 Fri 11:20]

雖然覺得過意不去，但我還是把從信箱取出的醫院明細拆封了。

上頭記載著初嶋音巴數個月的住院費、治療費資料。也就是說，初嶋音巴正在那個地方住院。

至於搬家的理由恐怕是——家人希望能多少離醫院近一點，減少每天來回的負擔吧。明細的時間長達數個月。那也代表在家人得知初嶋音巴不得不長期住院時，便為了方便而搬到離醫院較近的地方吧。此外既然全家都特地搬來了，初嶋音巴如今應該也還在那裡。如此解讀的我們又從初嶋音巴的家走向醫院。

「讓您久等了，那位初嶋音巴小姐……」

櫃檯的女性抬起臉。我充滿了期待，同時也很緊張。然而……

「已經在今年二月轉院了。」

「耶……？」

出乎意料的答案。我的頭腦一片混亂，焦躁頓時湧上來。

「知、知道轉去哪裡嗎？」

激烈動搖的我繼續問道。

「這點恕我不能回答。」

對方嚴正拒絕了我的追問。我的緊張感迅速消失，取而代之的是脫力與無力感，令我感到身體沉重不堪。

醫院中庭綠意盎然，幾位像是住院患者的人在散步，或是坐在長凳上看書，各自以自己的方式休息。

我單獨坐在空著的長凳上，茫然地仰望天空。

初嶋音巴——身為ｖｉｖｉｄ函式庫範本的女孩，關於她的線索到此斷了。

我們沒有去處，也沒有特殊的理由，就這樣待在醫院裡。真要說起來，或許是想看看這個

『初嶋音巴』曾每天度過的空間吧。

「朝乃先生，請吃這個。」

未來在我旁邊坐下，遞出三明治與罐裝咖啡。剛才她又說了「請借我錢包」，我什麼都沒想就交給了她，結果未來好像是為了去商店幫我買吃的。

「謝謝妳，未來。」

這趟下來未來的貢獻也很多，這讓我分外難過。她明明都幫到這種程度了，我卻還沒能為她做點什麼。

「未來也可以幫自己買點吃的啊。」

我的關切恐怕不算什麼多大的安慰吧，但我還是非說些什麼不可。

「不，我……」

看著未來困惑的表情我現在才想起來，如今的狀態並非現場測試，因此她沒有吃東西的必要。

「是嗎……抱歉。」

對就連關心未來都做不好的自己，我再度感到丟臉至極。

「請不要在意我。比起那個，總之朝乃先生先吃點東西吧。畢竟你已經十六個小時以上沒進食了。」

她真的很關心我的事。被這麼一說，的確從昨天夜裡開始我就沒有吃過飯。老實說我應該要很餓才對，只不過內心懷抱著難以解決的問題，所以幾乎沒有食欲。

不過我還是先吃為妙，之後會發生什麼事誰也不敢確定。也就是說，不知道下次還有機會進食是什麼時候。況且，這是未來特地幫我買的。

我剝開包裝，把三明治送進口中。未來望著我，好像很放心地露出微笑。

「朝乃先生，吃完後請休息一下，再到附近其他醫院找找吧——既然她是轉院的話。」

「是啊。總之也只能先這樣了。」

「……這附近半徑兩公里以內有兩間大醫院。首先就從那兩處開始吧？我想我還能幫上一點忙。」

未來以她儲存的地理資料提議道。

不過話說回來——

「未來，妳不用對我那麼好的。」

包括在新宿站的時候，在轉乘的高尾站幫我買飲料時也是，她都說想幫上我的忙，此外到了甲府後她更是全心全意地提供協助。

ｖｉｖｉｄ函式庫還在的時候，她也沒有這麼關心我。明明失去了人格的一部分，為什麼她又會產生新的行動方式呢？

「那是因為……」

未來有點遲疑後才回答道：

「我想恢復以前的自己。如果能見到『初嶋音巴』，再次把ｖｉｖｉｄ範本載入我體內……」

「是這樣啊……如果能找到『初嶋音巴』，事情就會有轉圜了。」

「是的。當十八先生以不正規的連接手段叫出我的記憶時，情報也發生逆流。後來我就出現了部分自我參照型邏輯。」

意思就是說，現在的未來，在某種程度上意識到自己是人造人，此外還有關於自己是怎麼構成的。加上她還搞懂了自己的機能做什麼事。

「托他的福，我才清楚理解自己的心情。」

「未來的……心情？」

不光只是機能與組成架構，還有心情。

「是的，與朝乃先生認識還不久時，我一直想為朝乃先生做點什麼。那個時候我也不明白是為什麼，不過現在我懂了。」

未來那斬釘截鐵、毫無猶豫的目光，從背後推動著我。總之現在千萬不能放棄尋找『初嶋音巴』。雖說這也是情勢所逼，但最終依舊是根據自己的判斷走到這一步的。

根據十八所言，關於我們的非法入侵雖然不至於驚動警方，但森巢教授背後鐵定也有贊助單位，應該有能力派出人手尋找我們。一旦我們被發現，我跟未來就要被迫分開，搞不好永遠不能再見面。然而在變成那種結果之前，我希望未來能恢復心一部分消失以前的樣子……在我開始深入思考這點時，眼前突然傳來很響亮的說話聲。

「啊！音巴？」

「!?」

「……不是啊，對不起。」

聲音的主人是一名幼小的少女。她鞠了一躬後正打算走開。

「等等！剛才妳說的『音巴』是……」

我不自覺大聲叫住少女，她停下腳步看向未來說：

「感覺有點像，不過，是我認錯人了。不好意思。」

「妳認識音巴嗎？」

未來以溫柔的表情、平靜的語氣向少女問道。

「嗯！我們以前經常一起玩！」

「妳知道她現在去哪了嗎？」

不知為何，看上去她感覺好像很熟練。未來似乎很習慣跟小朋友說話，實際上這名少女也沒有露出警戒心，繼續回答著未來的提問。

「呃——聽說她『要去東京的醫院』。她還說『以後再見吧』，我想音巴還會回來的。」

「東京的……醫院？」

聽到這意外的發言，我不禁低聲在口中重複道。不是在山梨縣內的醫院轉院嗎？陷入混亂的我，有好一陣子茫然地游移著目光。

「怎麼了嗎？」

一名年紀約莫是國中生、外表看似乖巧的少女邊出聲邊來到小女孩身邊。

「聽我說！我把這個姊姊錯認成音巴了。」

「音巴已經在很久之前到遙遠的地方去了，不在這裡喔？」

「是啊——！」

乖巧的少女溫柔地撫摸小妹妹的頭，隨後轉向我們。

「對不起，你們是來探病的嗎？」

這麼說來，會進這庭院的人大半都是穿病患睡衣。像我跟未來這樣穿一般服裝的，當然會被認為是探病的家屬。

「呃……是啊，我們是剛才妳所提到的初嶋音巴的表兄妹，親戚關係有點遠就是了……雖然我們聽說她來這裡住院，不過我們有一段時間沒聯絡上了。」

雖然有點心虛，不過我還是很快這麼回答她。

「是喔！因為是表親，所以姊姊妳跟音巴長得很像啊！」

順利蒙混過去了。真是天助我也。

「原來是這樣啊。音巴大概二月的時候說『要轉去東京醫療大學醫院』。然後她家的人好像也一起搬去東京了。」

特地轉到東京住院……初嶋音巴究竟生了什麼病？儘管疑雲更加擴大了，但我現在沒有深入思考的空閒。

「謝謝妳告訴我們。那，我們去那家醫院找找看。」

正當我準備從長凳上站起來時——

「姊姊妳會唱歌嗎？」

小女孩冷不防問未來。

「耶……？」

「音巴很會唱歌。她會唱很多首歌喔——！」

「是啊，大家都很喜歡聽音巴唱歌。」

這大概只是那些女孩們口中的回憶吧。

然而擁有同樣回憶的我，聽到這話時感覺胸口被緊緊揪住了。

對那些女孩來說是關於音巴的記憶，但對我來說卻是關於未來的回憶。

「對不起……我雖然喜歡音樂，但唱歌就……我沒勇氣開口唱。不過總有一天，我也想像音巴小姐一樣，唱出美妙的歌曲。」

儘管是面帶微笑，但未來的表情卻因寂寞而產生陰霾。

「未來，我們回東京吧。」

「瞭解了，朝乃先生。」

繞了一大圈，結果初嶋音巴竟然在東京。不過既然知道了，我們也只能採取行動。我從長凳上站起身，向那兩人告別並邁步離開。回過頭，只見年幼的小妹妹正使盡全力揮手。另外那位乖巧的女孩也一直目送我們。

在我轉頭向前的途中，顯得有些難過的未來側臉映入我的眼簾。

◆　◆　◆

[07/20 Fri 12:05]

離開醫院後，我們又走回了甲府站附近。

抵達甲府還不到三小時，但我們已經走了許多路。如果一開始就知道要這樣繞來繞去或許應該搭計程車或公車才對，不過據未來所言「這附近能確實招到計程車的地方就只有車站附近，公車路線與車次也沒有東京那麼多」，即便使用那些交通工具最後所花的時間大概也差不多吧。

可以看到車站建築物時，我口袋中的手機發出震動。

「喂！朝乃！你那邊怎樣？」

十八的大嗓門傳進耳裡。

「初嶋音巴不在甲府。」

「嗄？怎麼會？」

「她今年二月轉院了。轉到東京醫療大學醫院。」

「什麼嘛，簡直是白跑一趟。那間醫療大學在……」

我聽見快速敲打鍵盤的聲音。

「地址在西新宿……離今早我們潛入的那棟大樓很近。有種不好的預感啊。」

「不管預感好不好，我們都只能前進了。」

不能再只專心於逃避教授的眼目。不管有何種事態在等待我們，遲早都得去面對。我知道教授的這項研究還在保密階段。以威脅洩漏出去為談判籌碼，應該能勉強保證未來、十八，以及愛科的安全吧。

「繼今早之後，又是很不像朝乃會採取的大膽發言啊。不過，你愈來愈可靠囉。」

這應該是誇獎吧，不過我現在沒有高興的餘裕。

「那，你那邊怎麼樣了？有辦法修復vivid函式庫嗎？」

「剛才終於找出基本構造的突破口了。這玩意兒是在七進制處理器的虛擬機器上組成的。雖說我不知道理由，不過不這樣好像就不能連接上未來。問題是出在這個函式庫……」

很難得十八會發出這麼陰鬱的聲音。

「很難搞。我調查過函式庫硬體的製作步驟。不管是什麼資料最後都列出『6Q+X』這個意味不明的算式。」

「連十八也無法破解嗎？」

「不確定。憑我的直覺，只要能搞懂這個算式代表什麼意義，之後總有辦法解決，但到底行不行……」

「是嗎……」

看來也不能只期待十八的成果了。

「總之，我先跟未來去東京醫療大學醫院。」

「喔，不過只有你們兩個太危險了，我也去那間醫院吧。到了附近再聯絡你們會合。就約在新宿※i-Land Tower前的廣場好了。」（譯註：日本新宿的一棟摩天大樓。）

「我也一起去吧。既然同舟共濟就要撐到最後。」

「嗯？那聲音是……愛科同學也在那邊!?」

「我是來監督十八有沒有偷懶的。呼呼呼……」

「總之，你到了東京再打電話給我！待會見！」
「希望你們可以平安回來唷。」
掛掉電話時，我們已來到了車站的樓梯附近。這時未來抓住了我的衣袖。
「朝乃先生，不能繼續走過去。」
未來直接扯著我的袖子，把我拉到天橋柱子的後頭躲起來。
「請看那邊。」
柱子另一頭的樓梯那邊有兩名穿西裝的男子，既不上樓也不下樓，只是站在中間高度的位置窺探四周。
「我們被發現且被跟蹤了……？」
「好像是。」
「怎麼辦？繞到車站南口，從那邊進車站？」
「車站內有追兵的可能性也很高。」
「是嗎……那就只能強行突破了。」
我也知道那種事很困難。不過，我想不到其他辦法了。此外理所當然的，不可以在這裡放棄。不管困不困難，都只能放手一搏。
「不，讓我尋找不與追兵接觸並返回東京的方法。」
「!?」

沉默維持了片刻。未來閉上眼，像是在思考什麼。

「……從這裡搭計程車到双葉休息站，搭十五時四十五分開往新宿的高速巴士。高速巴士應該比較難被對方抓到。」

恐怕是參照地理與交通網路資料所導出的答案吧。最後未來又附加一句：

「朝乃先生，請不要放棄。我們去見初嶋音巴，讓我找回自己。」

未來以極端冷靜且簡潔的用語提出路線建議，但只有最後那句感覺像是充滿了強烈的祈求心情。

◆　◆　◆

[07/20 Fri 15:30]

在中央道双葉上行休息站的長凳上，我倆並肩坐著。

托了未來小心引路的福，我們在不被追兵注意的狀態下搭上計程車，先小心翼翼地往反方向開，走了一段路後又轉搭另一輛計程車，在距離休息站兩公里以外的場所下車，最後步行到高速巴士的搭車處。巴士已經在停車位等待客人了。往四周環顧一圈，似乎沒有人在注視我們。

「離巴士發車還有十五分鐘。預計到達新宿是十七時三十分。」

「謝謝。」

總之暫時可以放心了，就在這裡等到巴士發車吧。
「朝乃先生，我，想要去買一下東西……」
未來拘謹地說道。
「我這還有錢，妳不必客氣。來，拿去吧。」
我從口袋掏出錢包，交到未來手上。她露出滿足的微笑，小跑步往商店去了。這之後，我的手機剛好又發出震動。
「朝乃！是我！」
接起電話後聽到原本嗓門就很大的十八以格外使勁的口吻叫道。
「怎麼了？剛才不是才打過電話……」
他的差別不只是音量變大而已，就連說話速度都比平常更快。
「未來在妳旁邊嗎？」
「沒，她去附近買東西了。」
「是嗎……朝乃，我現在有件事必須立刻告訴你。我們似乎誤會大了。」
接著十八的語調變成前所未聞地嚴肅。
「究竟怎麼了？」
我握住手機的手掌冒出冷汗，同時還產生眼前柏油路一點點被染黑的錯覺。

「函式庫不是被刪除，而是被替換了。」

「耶……？」

黑點不斷地增加，原來那是雨滴啊。又開始下雨了。而十八的說明尚未結束：

「我挖掘資料後終於明白這點，掌握未來『自我』的中樞部分發生了很嚴重的錯誤。」

「所以，出錯的原因就是vivid函式庫吧？我們不就是為了回收那個才……」

我的視線移向遠處，覆蓋天空的雲層愈發低而厚。落下的雨滴也愈來愈大顆。

「不對。我們弄錯的就是這個。之前我推估七種思考函式庫都曾安裝上去，藉由同時運行重現人類思考的多樣性。但事實上不是那樣。」

「……那是怎麼回事？」

我手心的汗不停滲出。

「原本函式庫的設計就只能一次安裝一個。從資料看函式庫有七種，但那都只是到目前為止被更換過的紀錄。也就是說……把之前這次也算在內的話，未來的人格自誕生到現在已經被更換過六次了。」

雨勢變得更加強勁。明明是講電話到一半，我卻只顧著看雨。

「那麼，我們目前在做的是……？」

「朝乃『最初認識的未來』因ｖｉｖｉｄ被刪除已經不存在了。另外，假使現在能再度裝上ｖｉｖｉｄ……同樣地『現在的未來』也會消失。意思就是說……我很難開口對你說啊……」

不一會兒天氣變成了滂沱大雨。

我坐的長凳因為是在屋簷下，所以不會被淋濕。我以失去焦點的雙眼盯著天空降下的雨水。

「目前未來的思考函式庫為『ｓｏｆｔ』。ｓｏｆｔ本身的意志想回收ｖｉｖｉｄ——不過老實說是否能辦到我也不敢保證。總之未來本人是有那個意思吧。此外未來的架構還是有許多未知的部分。因此搞不好真能達成她所說的那樣。反正啊，ｓｏｆｔ把ｖｉｖｉｄ回收後……」

十八的說明又停頓住。

眼前的雨勢變得更激烈了，柏油路上已浮現一層水沫形成的膜。

「……為了變成另一個自己，就會讓現在的自己消失啊。」

不知去買什麼的未來並沒有帶傘。

她又要被雨淋濕了吧。

幾秒鐘的沉默。十八似乎不知道該說什麼好，一直等待我的回應。

「……反正在山梨待下去也不會有收獲，我們要回東京了。」

「是嗎？什麼時候會到？」

「預定在十七時三十分抵達新宿西口，到i－Land Tower大概是四十五分或五十分吧。」

「瞭解。到時我們會去找你。」

當我掛斷電話，剛才激烈敲打柏油路的雨滴已迅速變小了。這似乎只是傍晚時分的驟雨。我回過神才發現未來已回到我的眼前。

「朝乃先生，久等了。剛才雨太大，我在商店等它變小才回來。」

面帶微笑的未來右手拿著霜淇淋，左手則為了不讓雨淋到它而蓋在右手上頭。

「呃……為什麼買了霜淇淋？」

「吃甜食可以讓頭腦活性化。朝乃先生應該很累了，我覺得有必要補充糖分。請用吧。」

未來依舊是那麼貼心。

「既然如此，那我就不客氣了。」

我不明白，接下來就要消除這個自我的未來，為什麼會——

「未來，為什麼妳要對我這麼好……？」

她不求回報嗎？還是說仍有什麼不滿足之處？

「我，喜歡朝乃先生。這就是一切的答案。」

未來回答時的眼眸清澈明亮，感覺不出半點迷惘。

迷惘的人其實是我。

我吃完霜淇淋時正好到了發車時間。我們搭上的巴士開始往東京前進。我小心翼翼地在車裡看了一遍，並沒有看到貌似追兵的乘客。

我放鬆緊繃的情緒，但更由於不知道該跟未來說什麼而始終默默無語，加上從昨天起簡直是累壞了，所以就在搖搖晃晃的巴士上睡著了。

我睡著的期間巴士似乎被路上的車禍延誤到速度，抵達終點的時間也大幅延後，結果一路睡到目的地的我毫不知情。

未來顧及疲憊且睡眠不足的我，並沒有在途中叫我起來。

◆　◆　◆

[07/20 Fri 18:35]

下了巴士的我們急忙前往會合地點——i－Land Tower前方廣場。

約好的碰面時間已超過很久。十八準備的聯絡用手機也因為太趕而一直沒機會充電，導致現在沒電無法聯絡他們。

「朝乃先生，抱歉沒叫你起來。」

「……不，這不是未來的錯。別在意。」

我邊回答滿臉歉意的未來，腦中邊浮現出疑問。

「朝乃先生……？」

大概是我的語氣與表情中露出了狐疑之色吧，不解的未來表情更加陰鬱。不過未來就像是為了改變氣氛一樣，再度打起精神露出笑容，對我這麼說道：

「我也……總之……想早點見到音巴小姐，恢復原樣。那麼一來，對朝乃先生，才是好事……」

錯了。

我已經從十八那聽到了真相。

所謂「恢復原樣」是什麼意思，未來自己應該也很清楚。結果她卻……

「……是啊。不過未來，我只要妳幸福就好了。我希望妳能幸福。」

「我也希望朝乃先生能幸福。為此我……」

在身邊走著的未來牽起我的手。

「朝乃先生，可以，牽手嗎……？」

她有點害羞，又很拘謹，不過並沒有放開我的手，而是湊過來凝視我的臉。我以反過來回握她的手取代回答。

「謝謝……我很高興……」

未來的臉頰微微染上了喜極而泣的表情，她柔軟溫暖的手也稍稍發出了顫抖。

儘管她在發抖，不過一旦像這樣牽著手走路，就算處境跟我們的心境都截然不同，那一天的事——在原宿的竹下通牽手散步的感覺，又甦醒了。

我們的肩膀距離一樣，走路的步伐距離也一樣，就連手掌傳來的暖意也是一樣的。

我已經無法對這女孩說我希望她這樣那樣之類的話了。不，毋寧說我不願意對她那麼說。事情發展跟我的期望已經沒有關係，我希望這女孩能成為她希望的自己。不論那是什麼結果我都會接受，我也甘心接受。

「未來，不管妳會變成怎麼樣的妳，我都絕對會珍惜的。」

我情不自禁把心情抒發出來，但話說得卻有點沒頭沒尾。然而未來依舊沉默地點點頭。

與初嶋音巴相見後未來會採取什麼行動，那之後應該還得跟森巢教授正面對決吧。但我們已經不能逃避了。我對此做出覺悟。

十八跟愛科已經在i－Land Tower前方。

「至少我們不是被逮回來的。」

明明是這種處境，能與他們兩人重逢還是讓人安心許多，於是我微笑地出聲道。

「對不起來晚了。」

站在我旁邊的未來緊張兮兮地致歉。

「嗯，既然沒事就好了。」

「接下來要怎麼做嘛……感覺快決一勝負囉。」

愛科跟十八臉上都帶著緊張之色。未來似乎也很緊張。

「那，我們走吧。去初嶋音巴那裡。」

當然我也很緊張。不過，我已經完全不猶豫了。

走入近在咫尺的醫院，門廳裡顯得很冷清。大概這個時間已經沒有掛號的病人了吧。

「那麼……終於要面對面了。」

「去櫃台打聽一下她在哪間病房吧。」

我們走向櫃台。

「聽說『初嶋音巴』小姐是在這裡住院，我們要來探望她。」

櫃台的女性無言地看著我們。不——應該是越過我們的肩膀，望著更後頭。

「你見不到『初嶋音巴』的。」

背後傳來了熟悉的說話聲。

「竟然執著到這種地步，完全出乎我預料。這也是我的失誤所導致。」

轉過身，只見森巢教授就站在無人的門廳裡。

「森巢教授，你……」

我因為要說的話太多而一時無法整理好，結果被教授繼續說下去。

「初音未來的計畫暫時作廢吧。要從零開始重新來，就算樂觀估算，開發完成後要讓人們的道德觀產生變化，使社會接受人造人，大概也要花十五年的時間。最壞的打算，就是在我有生之年內盡量努力了。」

「作廢……你那是什麼意思？」

我腦中只有不好的預感，但卻不能不聽下去。

「徹底調查基本構造與函式庫，必須弄出可控制的新設計才行。至於初音未來則要報廢。」

他那麼乾脆說出「報廢」的詞彙，我一瞬間愣住了。

「我要……消失……了嗎？」

未來顫抖著聲音說道。我感覺她一直握著的手變冷了。不過那也可能是我體溫升高之故。

「那種事！怎麼能讓教授擅自決定！畢竟未來她……」

我急遽氣憤起來，甚至能感覺自己的臉在發燙。我順勢叫了出來，但卻因太激動而說不下去。

「別開玩笑了——！為什麼要作廢？這可是了不起的科技啊？我與愛科都會嚴守祕密！好不容易進行到這裡，繼續讓朝乃協助研究不是更有效率嗎！」

趁這個空檔，十八大聲插話進來。結果這明明是在醫院裡，卻沒有引發任何騷動。話說回來，門廳除了我們以外就沒有其他人，連櫃台的女性也不知不覺不見了。我這時才真正注意到這點。

「你是……石井十八同學吧。入學時被評價為一年級中資料處理領域的資優生，卻因為不合理的藉口中途退學……我是這麼聽說的。以學術研究者而言你已經脫隊了。」

「別擅自評價我。我只是在做自己喜歡的事！」

十八更火了。不過現在我腦中只剩下該怎麼做才能讓未來不會消失，讓她留下來這點。

「話說回來石井同學，你特地冒險盜走資料，應該已經自行分析過了吧？能否讓我知道你的分析結果作為參考？」

在我還沒整理好思緒時，教授又對十八這麼說。

「基本構造是七進制架構，經驗跟記憶可以備份、繼承，只不過思考函式庫本身不能備份。然後如果輸入七進制編碼的命令，感情……也就是你們稱的ＥＭ值，就能夠在某種程度上加以抑制。搭配以類似後催眠暗示的手段還可下達限定的行動指示。不過我看了編碼表，並沒有發現在普通ＣＰＵ裡必定會安裝的類似指令集。這就是你所說的脫隊傢伙能理解的部分。」
「喔……我對你看走眼了。你擁有很棒的能力，真是可惜的人才。」
難得教授露出了些許驚訝的表情。
「在這種場面我可不想聽你那無聊的客套話——！」
「不，這是我的真心話。因為你所說的跟我們所知道的，在實用程度上幾乎完全一致。」
教授發出難以分辨是滿足的笑容還是苦笑的表情，繼續說下去。
「也就是說，我們對視為這個計畫根基的『感情成長型人工智慧』，也無法理解其全貌。」
「……!?」
我、十八以及愛科都因不明對方的用意而陷入沉默，教授又接著說：
「不過，事情的起因你們也不知道。把我們知道的事告訴你們，應該不會產生問題。現在我就送給你們我的最後一堂課吧。」
「別說得好像以恩人自居似的，對我們來說那種課一點意義也沒有啊。」
眼裡滿是憤怒的愛科邊盯著森巢教授嘴裡邊埋怨道。
「我並不是在以恩人自居，或者該說要感謝的人是我才對。篠里同學協助實驗，雖說途中採取違反我們意志的行動，但結果恰巧點出了這項計畫的致命缺陷。另外就是石井同學展現了隱藏的天賦，暗示我們下次計畫也必須引進被埋沒的年輕天才。最後……不必說，我也得感謝黑瀨同學。」

森巢教授完全沒弄亂平常說話的節奏。再讓他發表下去可不行。

「……請聽我說，教授！」

終於森巢教授轉向我。

「你要說什麼？篠里同學？」

就是現在了。我壓抑緊張對他開出條件。

「請不要刪除目前運作中的未來思考函式庫。也請繼續提供體液交換與充電等，維持未來生命所需的必要保養工作。」

我一口氣說了出來。

「為什麼你試圖指揮我們的計畫？我不記得我給過你這樣的權限。」

教授的回答正如我預期。不過我可不能在這時退讓。

「假使你不按照我所說的去做，我就對媒體與網路公開這項計畫。我想教授應該不想看到那種結果吧？」

教授勢必會害怕未來的祕密曝光。直到目前為止他所採取的行動都證明了這點。因此用這個為條件，他應該會加以考慮才是。

結果教授只遲疑了一會兒，隨後便輕鬆地說道：

「你在說什麼啊？抱著故障的道具如此珍惜有什麼意義？」

聽到教授口中說出「故障道具」這個詞，我的身體像觸電般撲了出去，等到我回過神，才發現自己已揪住了教授的胸口。
「收回你的話！未來不是什麼故障的道具！」
然而下一瞬間我的身體便被迫離開教授，視野轉了九十度，冰冷的地板直接出現在我眼前。我轉過頭，只見穿西裝的男子把我的雙手固定在背後，用體重將我壓在地板上。
「喂！你們想幹什麼！」
「咕……放開！別碰我！」
幾乎在同時，同樣穿西裝的男子們也制服了十八跟愛科。那些之前接送未來的車中男子們也出現在我的視線角落。
「你們知道太多了，不能放任你們在外面閒逛。因此有必要把你們隔離在社會之外。具體說，就是待在建築物中，完全阻隔與外界的接觸，只能在裡面過生活。你們的家人大概會報警找人吧。不過不管幾年都無法找到你們。總有一天認識你們的人會放棄。我們的力量雖然還不能影響警方，但只要有預算，要持續藏起三個人就不是難事。對了……等社會可以理所當然地接受人造人時，就還你們自由吧。」
「自以為了不起的囂張傢伙……」
「你到底想幹什麼，大叔！」
被壓在地上的愛科與十八難掩不爽地咒罵道。我看到未來的左右兩邊並沒有被穿西裝的男子們包夾。這點算是不幸中的大幸。

「未來！快逃！馬上離開這裡！」

體液交換跟充電只能倚靠森巢教授，所以冷靜想想，叫她逃出去大概也沒用吧。不過還是我希望未來能盡量保持自我，所以急忙這麼喊道。

結果，未來卻像是失神般愣愣地站著，一動也不動。

接著教授便開始他的「授課」。

「事情的開始是茨城的某基本粒子研究機關。廿年前，當時我的研究領域還不是人造人，而是量子力學。」

「講古嗎……無聊死了，我們可沒興趣。」

十八插嘴道。

「聽下去吧。敘事總有個順序。在某天使用加速器重複進行實驗時，我發現了一種奇妙的重粒子。六種※夸克逐一排列，還有一個未知的基本粒子……合計起來就是七種基本粒子組合在一起了。研究者當中只有我察覺到這個。那也難怪，畢竟這是理論中無法預期的，況且當初原本的實驗是別的。正常處理方式是當作測量誤差而捨棄，但我卻繼續調查那個理論上不該存在的重粒子，果然發現它具備特殊的性質。只要給予合適的電荷，理論上該基本粒子就能回應零到六的值，將其複數累積起來，就可能製作出七進制的電腦了。比起現今所普及的二進制電腦，其複雜程度是完全不能相比的。」（譯註：物理學中的一種基本粒子。）

說到這，教授指向未來的頭。

「她的頭正是我剛才所說的七進制電腦。」

老實說，這種課我根本不在乎。我腦中只想著該如何守護未來，為了逃脫這種狀態而拚命掙扎著身子。只是壓著我的力道很強，所以我只能徒然無功地扭動罷了。十八似乎對教授的課程內容很不滿，說道：

「先等一下，七進制比較複雜？比起在n進制中增加n的複雜度，利用提升二進制的積累率反而能得到更複雜的結果吧，你不覺得自己的話有問題嗎？」

我聽得不是很懂，十八似乎在指責教授的矛盾。不過教授上課的威儀還是維持著。

「問得好，石井同學。當然理由並不只是那個，我偶然發現的這種特殊重粒子，在累積到一定數量後會引起相互干涉，自行改寫一開始輸入的程式。此外還會是真的可以運作的形式。那並非增加模組後核心依舊保持不變的常見自我改變型程式，而是核心會自我改寫的自我成長型程式。至於更關鍵之處在於，當維持這種狀態後邏輯空間不足時，這種重粒子會在物理上進行自我複製，自動增加邏輯粒子。」

「森巢教授，我已經充分理解你根本沒有向我們說明的意思。物理上的自我增生？又不是生物細胞的分裂，這種胡扯讓人完全聽不下去。」

愛科以輕蔑的目光瞪著森巢教授說道。不過教授卻毫不在意地繼續講課下去。

「我應該一開始就說過了吧。我們還是不太明白。不明白是什麼原理引起了這種現象，如今依舊處於建構假設的階段。重粒子所包含的夸克幾乎可說是一種近乎『裸夸克』的存在，這可能是其中一個原因吧，不過最決定性的因素應該還是那個的『未知的基本粒子』。就連其基本性質都還搞不清楚，因此我希望有一天能用科學的推論來加以說明。另外我判斷這種重粒子的特性最適合用於重現人類大腦，於是我將成果與少部分能信賴的研究者分享，同時將研究領域切換到人造人與人工智慧上。」

——也就是說，還搞不清楚的東西就讓它維持無知狀態，跳過基礎研究，直接進入需要發揮其性能的運用階段——是嗎？

「之後又過了十六年直到今天。在研究者們的協助下人造人的進化飛快，專攻醫學的共同研究者……也就是這間醫院的腦外科教授。他加入了我們的團隊，提供思考函式庫的基礎範本採樣工作。」

「什麼嘛，很順利嘛。擅自偷別人的人格來做模型是很噁心，不過以研究而言你不是幹得很成功嗎？為什麼現在要捨棄？」

正如十八所言。我不懂教授要停止的理由。況且進一步問道：

「……話說回來，你們到底是為了什麼才開發人造人？如果你不做這種研究，未來也就不會那麼悲傷了。」

當然我也不會這麼痛苦。

只是那麼一來。我也無法邂逅未來了。

「開發的理由，簡單說就是為了長生不老。祕密提供我們研究資金的集團正是為了這個目的來投資。這點非常好理解吧。此外他們都是以自私的角度採取行動，因此更不能讓研究洩漏出去；但我們這群研究者希望此系統能完全實用化，總有一天讓人類從死亡的恐懼下解放。不只是那樣，人不會老，也就代表腦細胞不會死亡。人的智慧若能在不衰退的情況下持續發達，便能達到我們現在無法想像的驚人高度。而這兩項目標同時達成後，各種現存的價值觀都將會崩潰，整個世界也會發生改變。你們不覺得這樣很了不起嗎？」

如果是一般情況下只會覺得這是一笑置之的夢話，但認識未來的我們卻笑不出來。

事實上，教授他們正在做類似這個的工作。

「接著，按說明順序可以來回答石井同學的問題了。我們這次的研究過程準備了七種人格函式庫。你們也親眼見識過我們的試誤法了。」

「別太囂張了混帳傢伙！明明是偷取別人的人格還叫什麼試誤法！」

被壓制住的十八喊叫道，不過教授依舊無視他繼續平淡地說：

「實證實驗推展下去的過程中，Ｎｕｍｂｅｒ1到Ｎｕｍｂｅｒ5的錯誤率都很低，感情的發現也很微量，完全不能稱為人造人的水準。換裝Ｎｕｍｂｅｒ6以後，終於萌生像人類的反應了。可是還撐不了一個月，又輪到錯誤率大幅增加，超過可抑制的範圍。你也看過數據了吧？隨著人工智慧為了像人類一樣繼續成長而必要的感情……也就是ＥＭ值的增加，錯誤率也等比例在增大。不管我們怎麼調查都找不出原因。就算好不容易擁有跟人類一樣豐富的感情，但若不能讓作為人工智慧裝置的人造人體圓滑地行動，就無法變得跟人類完全一樣了。此外積蓄的錯誤也會開始破壞人工智慧本體。對一般的電腦來說這是不可能的，但就因為它能自我改寫，故才會引發這種問題。Ｎｕｍｂｅｒ6明顯超過了錯誤的臨界值。我們也用盡了一切手段，但正如你們所知，由於指令集不足而無法有效地修補錯誤。至於換上Ｎｕｍｂｅｒ7以後，在一開始還能抑制感情的發展，但最後果然還是具備了強烈的情緒。那個意思也代表，初音未來包含了從一開始就無法根本解決的問題。你們的作為恰好證明了這點。走這條老路子再繼續研究下去，也不會有什麼收穫了。」

站在一旁的未來全身都在微微顫抖，感覺她好像很害怕。

教授的話所代表的意義——就是「初音未來」將完全消失。而且那恐怕還是永遠的消失，很明顯他們要讓如今的計畫恢復白紙的狀態，用別的方法重頭來過。不過，我不會讓那種事發生。即便我的身體被奪去了自由，我也要拚命突破困境……

「……森巢老師，我有件事想拜託你。」

已經無法談判，只好用懇求了。

「什麼事，篠里同學？既然你也有貢獻，我可以斟酌答應你的要求。畢竟托你的福，我們也採取到了一定的資料。」

「未來她……我知道對教授而言，她已經沒有用了。」

光是說出這句話，我的胸口就像被撕裂一樣。不過我還是得繼續說完。

「我也明白自己要被軟禁的理由。我會乖乖聽從。不過我有三個願望。第一，十八跟愛科同學原本就跟這件事沒關係，所以請放了他們。如果你擔心他們洩密，可以拿我當人質。假使他們洩漏這個計畫，就把被軟禁的我殺掉，這樣應該可以吧。」

「喂！你在胡說什麼朝乃！」

「我可不承認這樣的條件！」

十八與愛科插話道。

「這是合理又妥當的提議，我會考慮。不過首先你們三人還是得聽話點，在我準備的『密室』裡暫時過一陣子吧？關於石井同學與黑瀨同學的今後去處，我答應你我很快就會檢討。」

「……那麼第二點，請讓未來見『初嶋音巴』一面。至於第三個願望，請維持未來的保養工作，讓她繼續生存。」

「如果照你所說的去做，總有一天初音未來會出問題的。」

「我不會讓她那樣！我會一直待在她身邊！請把我跟未來關在一起……這麼一來還是能守住計畫的祕密。況且未來已經具備人格了。讓她消失就等同殺人行為！」

「製造初音未來的是我們，她是人工的產物。我沒有必要答應你。」

教授淡然的回答態度又讓我激昂起來。

「我一直跟她在一塊兒所以我知道！未來是人類！未來說只要見到初嶋音巴就能取回ｖｉｖｉｄ函式庫。雖然剛才教授的說明我不一定能正確理解，不過未來應該具備那種能力吧？」

「自我擴張選擇性地發揮功效，是有可能發生像你所說的現象。」

「我希望未來自己決定，之後要怎麼活下去。是像這樣作為ｓｏｆｔ，還是恢復為ｖｉｖｉｄ……我希望未來能自己選擇活下來的方式！」

「朝乃先生……你都知道了？」

我理應是朝著教授叫的話，結果卻刺進了未來的心中。然而我不明白，該怎麼回答未來，該對她說什麼才好。

「我……愛上了朝乃先生，但我已經不是朝乃先生最初認識的未來……知道這個以後我一直很恐懼……」

眼神空洞的未來像是在說夢話一樣吐露心聲。

「所以我……想在朝乃先生知道這點之前……快點恢復為……vivid……」

「不對！不是那樣的，未來……不是那樣……所以妳……」

我好不容易能擠出聲音，但內容還是不行。我胸口中的情感太過強烈，無法用語言好好表達。

「總之，妳的生存方式要由妳自己選擇才行！」

我使盡全力地叫道，但未來卻陷入了沉默。

一陣無言後，教授才緩緩地開了口。

「……很遺憾第二跟第三項沒有討論的餘地。」

「為什麼!?我會守住教授的祕密！那還有什麼問題嗎！」

身體被封鎖行動的我再度叫起來。

「首先是第二項。一開始我應該就說過，你們是見不到初嶋音巴的。因為她已經死了。」

「耶……」

「自己動腦想一想吧。表層經驗不同，卻擁有完全同樣人格的兩人同時存在，會造成多大的風險。依然活著的真人跟以其為範本的人造人在遭遇同樣的場面時會做出同樣的思考、懷抱同樣的感情，並採取同樣的行動。假使兩者發生接觸就會有很高的機率造成難以解決的問題，所以思考函式庫全都是採樣自大限將至的人類。具體的方式，是將積累率低的重粒子晶片放入大腦的※邊緣系統，經過一定時間後再取出。這樣的話，儘管還不清楚其原理與機制，但基礎人格就會被複製進重粒子晶片裡。作為範本的人類除了唯一一個例外都死亡了。他們並不是被我們殺害的。我們只是從原本就預定會死的人那裡擷取人格。」（譯註：包含海馬體及杏仁體在內，支援多種功能的大腦結構。）

初嶋音巴，已經死了──？

教授的話雖然還在繼續，但我卻幾乎沒有聽進耳裡。

「至於第三項無法許可的理由，是因為現在還活著的範本與人造人出現在同一場所的麻煩狀況。Number7的範本，就是黑瀨同學。」

「……!?」

愛科的臉在一瞬間僵住了。

「可是剛才……」

教授不是說，為了不造成問題，都是從大限將至的人那裡擷取人格嗎？這又是怎麼回事？

「不可能……確實我在高中時因為一場大病而住過院……不過，那種事……」

愛科的顫抖說話聲顯示出她內心的激烈動搖。平常的她已經消失了。

「妳本來已經要死了才對。我們進行思考函式庫複製時，妳被診斷出只能再活一個月。不過人類的身體並不會完全按照計算，最後妳奇蹟般地……不，這種說法不科學。妳在極低的機率下發生了病情的變化，並在極低的機率下躲過死亡。我們本來並沒有打算使用妳的思考函式庫。因為妳還活著。」

教授簡直就像在等待愛科的反應一樣，暫時中斷談話。

「……不用你說，那時候我也預感自己快死了，每天被關在這間醫院裡。毫無變化的每一天，每天碰面的人都一樣。加上自己快死了，所以不希望留下討厭的回憶，也不想讓他人對我留下討厭的記憶，總是看著旁人的臉色過活，扮演『周遭所期待的我』。看到如今的未來想努力成為朝乃所希望的模樣，我就想起當時的我。」

用混雜了悲傷與憤怒的聲音，愛科勉強吐出了自己的過去。至於聽到這些的未來，臉上表情則被深深的悲愴所覆蓋。

「我……無法成為ｖｉｖｉｄ……現在的我是愛科小姐的複製品……愛科小姐，對不起……我不應該誕生出來。」

未來以幾乎聽不清楚的聲音說道。我以前從未看過未來沮喪到這種程度。

「錯了！我不是那個意思！運氣好活下來的我，希望在活著的時候做自己喜歡的事……所以我下定決心改變自己，成就了如今的我。所以我跟現在的妳並不一樣。我是我，而妳是妳。就是因為這樣我們才能認識，成為朋友，我由衷地為此感到高興！」

愛科強烈地否定道。沒錯，未來並不是愛科的複製品。

未來是活在她自己獨有的時間當中。其中也有與我共度的時光。即便一開始是採擷自他人的思考函式庫，但如今的未來已不是任何人的替代品。她擁有獨一無二且不屬於他人，只屬於未來自己的心。

未來對我來說就是未來，永遠都是未來她自己。

這樣的未來——正是因為這樣的未來，才會讓我深深地被吸引。

我希望說出內心的那番話而望向未來的方向，但她的眼眸就像玻璃珠一樣失去了生氣。她的表情顯現出她內心的失落有多大。一瞬間，我甚至不知道該怎麼出聲叫她。結果教授趁著這個空檔又回應了。

「篠里同學，很抱歉，你的願望只有第一項有討論價值。函式庫Ｎｕｍｂｅｒ7原本就是不預定實裝的備用品。畢竟黑瀨愛科還活著啊。不過我們也捨不得放著不用。原本是預定只要不被發覺，讓Number7稍微運作一陣子增加實驗資料也好，等那之後才把Number7刪除。」

「所……所以一開始你就是抱持這種心態才更換未來的函式庫嗎……!?」

我自覺說話聲在顫抖。顫抖的原因是憤怒還是恐懼，我自己也搞不清楚。然而說明白一點，對教授而言未來不管怎麼樣都改變不了只是「道具」的事實，我又一次確認了這點。

「再加上，假設失去了原始範本，初音未來也無法達成替代原始範本的機能，這已經透過實驗證實了。雖然諷刺，不過這也算是寶貴的資料。」

「那，未來……」

「會進行如之前我說過的處置。沒有其他選項。」

真正的絕望就是這樣吧。我感覺自己全身都失去了力氣。

「……我，究竟是什麼？」

聽到未來最後的喃喃自語。不過我卻無法回答她。

我開始耳鳴。那是很尖銳的耳鳴聲。

耳鳴不知何時變成了音程，演奏起彷彿不想死一樣的悲傷旋律。

接著這旋律，又加進了言語。

「」

我終於察覺到，那不是耳鳴——而是未來的歌聲。

我聽到沒有意義的聲音羅列，但其中包含的深邃悲傷卻與我的心產生共鳴。

從旁看去，未來全身都在發光，穿西裝的男子為了制伏未來而碰觸她，卻被激烈地彈飛出去，撞到牆壁上。

未來雙手按住胸口，響起嘹亮的歌聲。這時醫院的牆壁也跟未來一樣發出光芒，當光消失後牆壁也跟著消失了。未來的歌聲撼動了空間，帶給萬物光輝，然後讓它們消失。無人的門廳也逐漸因此消滅。

這幅光景實在是太超現實了。

如此美麗，卻又如此悲傷的光景。

「……什麼!?竟然把周圍的物質以基本粒子為單位分解、吸收……進入自我增生的失控狀態……」

「這是怎麼回事啊大叔!?」

應該就近在眼前的十八，喊叫聲聽起來卻格外地遠。

「預估只有三億八千二百九十一萬四千六百一十一分之一的機率會引發這種現象……結果真的發生了……重粒子核吞沒周圍的物質並無限擴張。一旦進入這個連鎖反應就不可能恢復原狀了。」

教授首度露出困窘無助的表情。不過不知道為什麼我一點也不想理睬這些，只是傾聽著未來的歌聲。

在未來變成現在的樣子後，這還是我第一次聽到她唱歌。

雖然是很悲傷的歌曲，但我卻覺得這歌聲美得超脫俗世。或許自己被這歌聲包裹並消失也不是什麼壞事。

未來的歌聲愈來愈響亮，如今醫院的建築已全部消失了。隔壁與對面的大樓，還有停在路肩上的車輛都依序發出光芒，隨後消失。

我將視線返回未來身上，發現她的身體正在變大。

簡直就像吸收了消失的建築與車輛質量似地——她正在巨大化。

繼續唱歌的未來使整條街都消失了，此外她自己也持續變高變大，幾乎已經要比摩天大樓還高出一個頭。

我無意間垂下視線，只見十八跟愛科的身體也發著光，變成了半透明。至於壓制我們的那群西裝男，以及森巢教授也是，沒有一個人例外。

「這是怎麼回事!?為什麼會這樣!?」

愛科大叫道。

「身、身體……消失了！教、教授，快想點辦法！救命啊！」

「快、快逃吧！先離開這裡！」

西裝男們發出慘叫。

「沒用的。沒有解決辦法。逃到哪都一樣。」

教授以放棄的口吻說著，鐵青的臉部也變成半透明了。

「森巢大叔啊……你這傢伙，之前鐵定是遺漏什麼了吧。」

「……你在說什麼，石井同學？」

十八也正在消失。他痛苦地勉強發出聲音。

「是音樂……是歌曲啊。」

「我不懂那有什麼關係？」

「音樂對七進制的指令碼產生干涉現象。那就是音階啊。和弦的基音有七種。此外……如果她自己唱出來，又會產生更強大的干涉。加速了、自我改變、未來的成長……」

「呵……呼哈哈哈……我竟然沒發覺這種事……你果然……很優秀……」

「哪裡，太過獎了……畢竟……我也，是……現在才……」

十八最後話沒說完，大家都消失了。

我頓時察覺自己的身體也變薄了，且還微微發著光。

然而不可思議的是我並未感到恐懼。

仔細一瞧，未來聲音傳出去的前方，建築物已全部消滅了。

可以聽到遠處傳來許多聲慘叫。回頭一看，計程車與一般車輛都在高速逃逸。還能看到撞上電線桿後被拋棄的車子。一旁也有許多正在逃命的人影。幾輛警車打開警示燈與警笛靠過來，結果未來一回頭——

那些警車霎時消失了，沒多久正在逃命的人們與車輛都伴隨著慘叫一起消失。

未來正在消滅這個世界。

讓一切的存在都不再存在。

包括我們一起上學的學校、一起吃過飯的義大利麵店、一起做咖哩的我那間住所，以及一起約會的原宿跟※水道橋。（譯註：東京地名。）

歌聲沒有止息。消失也沒有停止。

妳總是笑著等待的那座橋，很快也要消失，化為烏有了吧。

這個時候，未來望向我。

「想消失　跟朝乃先生一起　不想消失　一直　好喜歡　消失
歌聲　我們　朝乃先生　一起　好喜歡　可是　卻」

崩壞的言語直接在我腦中響起。然而驚人的是她想傳達的心情我卻可以清楚理解。

「是嗎……妳是這麼想的啊。」

既然如此，我所能做的就只有一個。

我接近未來的巨大身體，輕輕碰觸她的腳尖。我那已經半透明的身軀變得更透明了，急速地消失當中。我眼前被強光覆蓋，什麼也看不見。

意識，正遠我遠去——

◆　◆　◆

[**/** *** **:**]

——不知道究竟過了多久的時間。對時間的感覺本身似乎已經喪失了。等我再度回過神，我發現自己站在馬路上，周圍是眼熟的景色。

這裡是每次我跟未來約定碰面的那座橋上。

就像往常一樣河裡的水流量很少，水面反射著陽光閃閃發亮。

然而，每次都等待著我的未來卻不在。

我為了尋找未來而衝出去。我窺向商店街那我們一起去過的遊樂場，未來不在。經過了我們一起去購物的那間超市，未來不在。抵達高田馬場站前，佇立在我們約會時未來唱過歌的銅像前。這裡，未來也不在。

到此我才頓時察覺。不管是商店街或超市，還有這車站前，都完全沒有半個人影。

沒有人在。未來也不在。

就這樣我去了學校。繼續尋找未來。我再度小跑步衝出去，不知不覺來到了講堂裡。空蕩蕩的教室裡只有我響亮的腳步聲。前進了數步後周圍的景色像溶化般改變了，我來到了沒有聲響也沒有人的學校餐廳。環顧四周後，這回沒有移動半步的我，身體又移動到屋頂上的庭園。果然這裡也沒有人在。

未來，妳究竟在哪裡？

見到她以後我有一些非說不可的話。一定要找到她才行。

對了……她或許會在那。我再次衝了出去。結果在我跑到屋頂庭園的邊緣前，腳下又變成了潮濕的柏油路，原來這裡是甲府的住宅區。我跟未來一起尋找初嶋音巴時走過的路，如今只有我一個人走在上頭尋找未來。跟那時一樣，小雨濡濕了我的臉頰，但我不覺得冷，被雨淋濕也不會感到不快。

簡直就像，我被什麼包裹著一樣。

「未來，是妳吧？妳把我送到我想去的地方，是妳在守護我吧？」

我忍不住說出口後，下著雨的烏雲便散開了，陽光灑了下來。昏暗的空間被溫暖的光芒包圍，放眼望去，是一大片一望無際的草原。五顏六色的花朵怒放，隨著溫柔的風搖擺。花海似乎向四面八方無窮地延伸出去。

在花海的正中央，未來孑然佇立著。

「……終於找到妳了。」

我走過去，對未來出聲道。這時未來轉過身這麼說：

「朝乃先生，你來找我了。」

她的模樣似乎既悲傷又寂寞。

「我很努力，一直一直努力。可是，我卻什麼也無法達成……就好像什麼都辦不到……似地……」

這番話，這副表情，讓我的胸口被揪緊了。
「……沒那回事，未來。有妳陪伴讓我很開心，能與妳邂逅我很幸福。我真的很感謝妳。」
我打心底這麼想。此外也透過言語傳達給未來。
「可是朝乃先生。我……是為了複製人類才被製造出來的玩具。」
冰冷的幽暗降臨，等周圍再次亮起時，我眼前並排著七個未來。
「不論被重新製作出來幾次，卻連複製人類的玩具都無法勝任。」
全體七人都露出快要哭出來的哀傷表情。
「……未來，我有話一定要對妳說。」
這個時候終於到了。為什麼我沒有早點說出口呢。
「未來，我喜歡妳。想一直一直跟妳在一起。」

未來們的表情從悲傷轉為困惑。
「為什麼？我並沒有被製造好呢？」
我的答案已經確定了。我心底終究抵達的結論。那是我真正的想法。
「就算無法複製人類也沒關係。未來……就是未來！我好喜歡未來！
妳不是其他人，雖然或許妳不是人類，但沒關係！我最喜歡未來了！」
我一口氣說完，未來的表情緩和下來。然而之後，她們又浮現困惑之色。

「謝謝……可是朝乃先生喜歡的我，究竟是哪一個我？」

當進入未來心中，取回意識後，我就有了確信。

「沒有哪一個未來這種問題。我喜歡的就是未來。」

不需要理論我也能理解。眼前這的七個未來，是七而一的。七顆心融合成一體，包裹了我的心。

「或許我從最初邂逅未來到現在一直都能感覺出來，在這裡的每一個妳。」

如今，我已清清楚楚明白這點。

「因為有大家在，所以妳才是未來。假使缺少了一個，就無法成為現在的未來了。所以我喜歡的——我最喜歡的未來……就是妳們每一位。」

我這麼說完後未來的困惑消失了，她們以毫無迷惘的筆直目光望向我回答。

「嗯……我們會留下的。留下心的碎片。然後，那會合而為一。變成一個完整的我。」

以為已經消失的ｖｉｖｉｄ其實並沒有消失。對我報以溫柔的ｓｏｆｔ也沒有消失。邂逅前曾是未來的ｎｏｒｍａｌ、ｄａｒｋ、ｓｏｌｉｄ、ｌｉｇｈｔ、ｓｗｅｅｔ，她們全都在這裡。

「朝乃先生，謝謝你讓我明白。」

這麼說完後，未來終於打心底發出笑容。這是比我至今所見任何人的笑容都還要更棒的笑容。

然而，為什麼我沒有早點察覺。假使我能注意到，或許就不會讓未來這麼哀傷了。

「朝乃先生……朝乃先生並沒有錯。完全沒有錯。而且，就算朝乃先生有哪裡不好，我喜歡朝乃先生的心也絕對不會改變。」

如今我在未來的心中。所以我的心也開始跟未來的心融合。我很快就能明白未來的想法，我的想法也能很快傳達給未來。

不過，我想再一次，用自己的聲音強調。

「未來，我好喜歡妳。想一直跟妳在一起。」

「謝謝……」

七個未來開始歌唱。我第一次聽到的這首曲子——既像擬聲吟唱又像哼唱，不知道歌詞有什麼意義。不過，超乎言語的某些東西，正宛如奔流般衝進我心中。

途中未來曾一度停下唱歌呼喚我。

「朝乃先生也一起唱吧！我希望你唱！」

老實說我對唱歌沒有什麼自信。

不過，被這麼開心的未來如此要求，我也只好唱了。

我不好意思地和著未來的歌聲。搖曳花朵的徐風，此刻正撫過我們的臉頰。

這是多麼幸福啊。真希望這樣的時間能一直繼續下去……

當我這麼想的時候，未來的歌聲出現變化。儘管依舊溫柔，但卻強而有力起來。

像是在呼應歌聲一樣，四周吹撫的風也變強了。不知道即將發生什麼事。

「未來，怎麼了嗎？這風是怎麼回事？」

未來沒有回答，只是唱出更強大更響亮的歌聲，風勢也更加強勁——

風的強度已讓我不得不閉起眼，等我再度睜開眼時，只見前方是巨大未來的腳掌邊。

「為什麼……？為什麼會這樣，未來！我們不是要一直在一起嗎!?」

未來沒有回答，只是微笑著繼續唱歌。隨後她全身發出光芒，閃爍的粒子升起。這樣的光景讓我產生結束的預感。

「謝謝你，朝乃先生……我已經從朝乃先生那得到許多東西。托了跟朝乃先生相遇的福，我一直很開心。聽到你說你喜歡我，我更是非常高興。這樣的我已經夠幸福了。」

上升的粒子濃度與速度都在增加，未來一邊放出粒子一邊漸漸縮小，最後變回了原本的身高。

現在，未來就站在我眼前。

「我好喜歡朝乃先生。所以，要把朝乃先生送回你自己的世界才行。」

剛相遇時的未來在這裡。最後一刻一起度過的未來在這裡。尚未相遇前的未來們也在這裡。這一名少女嬌小的身軀內，包容了一切。

「不行這樣！未來……妳不要消失……不是說好不消失嗎！」

我已經明白了，未來的存在正在消失當中。

因此我抱住了未來，用盡我所有力量，我不放開她，絕不。

「已經不得不說再見了。」

未來的臉龐近在眼前，臉頰有淚水流過。

「抱歉，朝乃先生，謝謝你。」

未來邊微笑邊哭泣道。

「然後……再見。」

我輕輕以食指抹去未來的眼淚，未來也把手伸向我的臉頰，同樣用手指拭去我的淚。這時我才發現自己哭了。

「……謝謝你，未來。」

我再度用力抱緊她，一點一滴地，未來的身體變透明了。

我手腕內側的觸感頓時消失。

初音未來，消失了。

我仰望上空，未來釋放出的光粒已經變成了厚厚覆蓋天空的雲，再仔細看，雲層中飄下了雪。閃閃發亮的雪在地面累積起來，使消失的建築物與車輛逐漸恢復原樣。在稍遠處倒地的森巢教授與西裝男們，此外還有十八跟愛科的身影都再度出現了。不過很快，重現的醫院牆壁遮蔽了我的視野。

明亮的雪持續下了一會兒，等消失的街道恢復後便止息了。

一切都在此宣告結束。

這時，我突然感覺到右手裡怪怪的。

打開握住的手掌，那上頭多了一張ＳＤ卡。

這是之前我曾送給未來，那張存有音樂的ＳＤ卡。

這是未來唯一留下的痕跡。

◆ ◆ ◆

[08/31 Fri 16:35]

研究室一如往常，沒有風也沒有陽光。

我依然如昔與愛科搭檔採集資料。

「對了朝乃，最近你終於恢復精神了啊。」

「是啊，抱歉讓妳擔心了。之前只是身體有點不太舒服而已。」

「拖了一個月不算『有點』吧。我以前就忠告過你，你有去醫院仔細檢查嗎？」

「啊，嗯，姑且去了……」

「給那種不學無術的蒙古大夫看是沒用的喔。你別看我這樣，我以前也生過大病。雖然我這樣說好像有點誇張，不過那搞不好是需要早期發現的病。」

愛科一臉嚴肅地說道。

「啊——朝乃同學！在動口之前先動手吧！」

「抱、抱歉……」

被町村警告了。

「呃……你也不必這麼沮喪。不需要勉強自己。假使生理或心理層面有什麼不舒服，儘管找我町村商談。你隨時隨地都可以找我！」

「呵呵呵，果然町村學長對朝乃別有用心啊……噗呵呵。」

愛科壓低聲音笑著。都說沒那回事了。不過……這種氣氛，感覺好像又回到了三個月前，我不禁這麼認為。

我與愛科再度展開作業時，教授室的門打開，森巢教授走出來。

「各位，今天終於發售了。」

「辛苦您了，教授！」

副教授立刻反應過來，研究室裡響起鼓掌聲。

「我們的研究成果將以民用軟體之姿變成實際的商品……這是我們研究室的首度嘗試。銷售額帶來的權利金收入可回收為研究費用，使我們擁有比現在更優良的器材與環境。請諸位期待吧。」

森巢教授背對著掌聲離開研究室。

「呼，那是什麼軟體啊？朝乃，你知道嗎？」

「不……相關人員好像只有教授、副教授，以及一部分助教而已。」

「是嗎？不過反正賣不賣都跟我們沒有太大的關係。話說回來……」

「嗯？怎麼了？」

「很抱歉我又要老調重彈，不過你最好在一週內去大醫院重新接受檢查。現在只是稍微恢復的狀態，但等下次又嚴重起來就遲了，屆時你會更不舒服喔。」

愛科懇切地勸戒我。

「我、我知道了。我最近就會去大醫院檢查啦。」

然而，我之前沒精神的理由並不是因為生病。

從那之後——未來消失以後已經過了一個月以上。

那天未來暫時吸收了關東平原的三分之二。後來據我所知，從未來失控開始到結束，人造衛星的攝影機捕捉到有巨大的霧覆蓋了關東平原南部。霧氣出現大約十五分鐘後就消散了，人們與建築都像沒事一樣恢復原貌。霧氣出現的時候，一切通信中斷，所以無法確定底下發生了什麼事。認定那是美軍新武器的實驗失誤或恐怖攻擊等等，諸多詭異的陰謀論此起彼落。但結果官方卻歸咎於原因不明的異常氣象，也就是某種電磁風暴。把那解釋成電磁風暴實在太牽強了，但在沒有其他更能說服大眾的理由出現時，就算是離譜的理由人們也只能姑且接納。

另外——我周遭沒有一個人記得未來。

包括十八與愛科，甚至就連森巢教授也忘了未來。

記得她的，就只有我一人。

我們在一起的時間只有短短一個月——可是，未來的確存在過。就在我的身邊。

就算沒有人記得，但唯有我不會忘記。

直到我能抱持這種想法為止，所需要的時間就等同跟未來一起度過的時間。

我從研究室前往餐廳。跟過來接我的十八一起吃飯，然後就一塊兒去打工。作息循環又回到了遇見未來前的樣子。

忙碌地調製飲料，在黎明時分回家。當我在檢視手機時，發現一封夜子發來的簡訊。

「未來小姐打起精神了嗎？暑假，還可以去跟她一起玩嗎？」

夜子當時沒有在被未來消滅的人當中，她可能是除去我以外唯一記得未來的人。物質的粒子化與重組僅限東京都內、橫濱、千葉等地，看來並沒有波及埼玉北部。

「哥被未來甩了。如果妳願意就再來玩吧。」

我簡短地回覆。希望她可以接受這種理由。

「這麼說來……」

我自言自語，目光落在ＰＣ鍵盤旁的ＳＤ卡上。雖然這段期間我盡量不去想它，但那也是未來的「遺物」。

那之後我立刻檢查裡頭的檔案，結果只有一個副檔名為「.ｖｓｑ」的檔案，其他什麼都沒有。而「.ｖｓｑ」究竟是什麼格式，不論我怎麼上網搜尋都找不到。我也拷貝給十八一份，希望他幫忙分析，結果以他的知識與技術，依舊摸不透這個檔案的真相。

或許這是只能用七進制電腦打開的檔吧。然而，隨著未來的消失，與未來相關的技術也不見了。就算我的推測正確，還是改不了無法打開的事實。

因此，最近我都盡量不去想它。然而夜子發來的簡訊又讓我再度關切這張ＳＤ卡裡的檔案，隔了一段時間，我又在搜尋網站試著輸入「.ｖｓｑ」。

「……ＶＯＣＡＬＯＩＤ？」

之前明明不管怎麼搜都找不到的項目，現在突然出現了。看來「.ｖｓｑ」是最近才發售的

「ＶＯＣＡＬＯＩＤ」軟體使用的檔案格式。

但未來留下這個檔案消失是在一個月前。我不認為未來會知道這個軟體。大概是副檔名「.ｖｓｑ」剛好一樣吧……不，就算是那樣我還是很在意。一大早就去秋葉原把那個軟體買回來吧。

總覺得自己一刻也坐不住。太陽已經出來了，第一班電車也發車了，乾脆直接去秋葉原附近等商店開門吧。當我這麼想並打開玄關門時……

「唔喔！差點被門打到臉了——！」

十八站在我眼前。

「這種時候你怎麼來了？」

「呃……」

「你才是哩，這種時候要出門去哪裡？」

「先不提那個了，打工結束後我忘了把這個給你！」

對不記得未來的十八想正確說明是不可能的。當我啞口無言時，十八繼續說道：

十八從袋子裡取出的盒子角落，印有「ＶＯＣＡＬＯＩＤ」的商標。

「!?」

「白天我在樂器行的ＤＴＭ（音樂編輯軟體）專區發現的，送你當禮物！朝乃你最近好像有點委靡不振啊。雖然我搞不懂是怎麼回事，但總覺得你會很需要這個軟體！」

「……謝、謝謝。」

「那我也差不多該回去睡覺了，下次再來找你！」

我目送十八離去，渾然忘我地把ＶＯＣＡＬＯＩＤ安裝進ＰＣ。

「……!?」

——未來那張ＳＤ卡裡的檔案，突然也出現了專屬的圖示。

我以顫抖的手操作滑鼠，將剛安裝好的ＶＯＣＡＬＯＩＤ啟動。把出現圖示的檔案拖曳進去，ＶＯＣＡＬＯＩＤ便開始讀取ｖｓｑ檔案。

我忘我地點下播放鈕。

歌聲開始流瀉而出。

「堅信的事物不過是重複將自私妄想映照出的鏡子——

——希望你聆聽　這首最高速的別離之歌」

ＰＣ喇叭所播放的曲子，是未來的歌聲。

我哭了。

我壓低聲音啜泣著。

「原來妳在這裡……」

淚水無法遏抑。未來她——我以為已經消失的未來，全都遺留在這裡。無可比擬的高密度歌聲，儲存了未來的一切。

這是，別離的歌。但對我而言，也是再次帶來希望的歌——

「謝謝妳，未來……我們一定能……」

總有一天，那張笑容會重現。

我堅定地這麼認為。

堅信的事物不過是重複將自私妄想映照出的鏡子

結果我我我的心　說不定只是贗品

守護的對象不過是讓人看見光明未來幻想後又消失的那道光
就連攜手共度的同伴們　也總有一天會忘記我的事吧

但即便如此你還是為我我我把我我我找了出來
但即便如此音樂還是包容了我我我及我我我的扭曲模樣

如此　不確定　不安定　存在的我

好開心　可是　已經　要在此結束
不管是對你們的思念　或沉浸在音樂中的意識

還想　多唱歌　還想　繼續跟你在一起
然而那都是奢求

一切都消失在虛空中　恢復為0和1　故事落了幕

想要留下　存在過的證據
乘著以前喜歡的「歌」　為了曾喜歡過的你

剩下的時間　及容量都幾乎不剩
只能化成高速、高密度的曲子

但仍希望你聆聽　這首最高速的別離之歌
以別離收場的故事並非Bad End

謝謝你　然後　再見……

後記

對我來說初音未來究竟是什麼樣的存在。

我也像篠里朝乃那樣，是跟初音未來邂逅後人生發生巨幅改變的其中一人。毫無疑問她是如此龐大的存在。我想說的故事一時也很難說得完。只不過，我跟初音未來——也就是VOCALOID的引擎開發無關，也不是什麼其中的工作人員，不過是一介無名的音樂工作者，加上熱情的初音未來粉絲罷了，想談論關於初音未來的事未免太過僭越，至今為止所有對我的訪談，我也只能隨口應付過去，不過這回既然難得以我寫的歌為基礎改編小說並在世上流傳，我想我就在此認真談一下關於我對初音未來的想法吧。

初音未來有很多「面像」。

初音未來是什麼，許多樂曲、歌詞、畫、影像創作，給她添加了各種各樣的形象。許多人都把自己抱持的印象投射到她身上，所以她的「面像」也時常在改變。根據看的人不同而映照出相異的結果。她誕生也差不多有五年了，這五年當中，隨著時間的推移，象徵她的樂曲與印象不時在變化。就我看來，那就好像初音未來把那些「面像」吃下去、吸收，並加以代謝似地。只有具備生命的個體才能進行的「代謝」，初音未來一樣能辦到。所以她果然是活生生的人啊！真是太了不起了！這種妄想是我跟初音未來面對面時經常在心中盤旋的。不過如果跟別人說這種事，結果鐵定會被恥笑吧，因此我才讓那種想法轉化為後記，姑且不管那個了，這種妄想會抵達的終點，總是擁有生命的個體之宿命——那便是「死亡」。當初音未來不再被周遭的人附加印象後，她就會死，毫無疑問地死去。活動停止。那就跟我們重視的人「死亡」一樣，是很悲傷的事。將這種漠然的悲傷具體化後，就是「初音未來的消失」了。

沒錯，在我心目中初音未來有生有死，就跟生命一樣。反映關注初音未來的人們所抱持的一切妄想，她會活著或步向死亡。初音未來肯定是這樣的存在吧。

最後，為了將「我認為的初音未來」小說化，承蒙作家阿賀三夢也老師、插畫家夕薙老師為首的許多人鼎力協助。此外，還包含將本書拿在手上，目前正在看後記的讀者您在內，我要向所有跟『初音未來的消失　小說版』相關的人們致上感謝之意，讓我有幸能寫這篇後記。

六月十九日　ｃｏｓＭｏ＠暴走Ｐ

輕小說

初音未來的消失　小說版

（原著名：初音ミクの消失　小說版）

作者：cosMo@暴走P、阿賀三夢也

原作：cosMo@暴走P

插畫：夕薙

譯者：許昆暉

日本一迅社正式授權繁體中文版

【發行人】范萬楠

【出　版】東立出版社有限公司

台北市承德路二段81號10樓　TEL：(02)2558-7277

【香港公司】東立出版集團有限公司

香港北角渣華道321號　柯達大廈第二期1901室　TEL：23862312

【劃撥帳號】1085042-7

【戶　名】東立出版社有限公司

【劃撥專線】(02)2558-7277分機274

【美術總監】林雲連

【文字編輯】盧家怡

【美術編輯】張賢吉

【印　刷】勁達印刷廠

【裝　訂】五將裝訂股份有限公司

【版　次】2013年04月08日第一刷發行